Karin Brunk Holmqvist

SURT SA RÄVEN
OM RABARBERNA

KABUSA BÖCKER

Författaren har på Kabusa Böcker utkommit med:

Potensgivarna 2004 (pocket 2005)
Rapsbaggarna 2005 (pocket 2006)
Villa Bonita 2006 (pocket 2007)
Mintgrodornas återkomst 2007 (pocket 2008)
Sirila gentlemän sökes 2008 (pocket 2009)
Rosa elefanter 2009 (pocket 2010)
Stenhimlen 2010 (pocket 2011)
Kaffe med musik 2011 (pocket 2012)
Surt sa räven om rabarberna 2012 (pocket 2013)
Kranvridarna (inbunden 2014)

Surt sa räven om rabarberna

© Karin Brunk Holmqvist 2012
Omslag Tintin Blackwell
Grafisk form Anna Henriksson
Första upplagan Kabusa Böcker 2012
Första pocketupplagan Kabusa Böcker 2013
Andra tryckningen
Tryck Nørhaven, Danmark 2013
ISBN 978 91 7355 322 3

Kabusa Böcker
www.kabusabocker.se

Kära kolonister och andra läsare!

Så håller ni min nya bok i er hand. Som vanligt har jag använt mig av kända miljöer från min närhet. Österlen är en fantastisk plats att beskriva, oavsett årstid.

När jag var liten hade mina föräldrar en kolonistuga i Simrishamn där vi bodde under sommarmånaderna. Trots att det är många år sedan har jag inte tappat kontakten med koloniområdet, eftersom min syster och svåger haft en kolonilott där. Denna har jag lånat vid något tillfälle när jag behövt ro för att skriva.

Att befinna sig i koloniområdet är en lisa för själen. Alla dessa välskötta kolonier och alla trevliga människor man stöter på där.

Därför handlar min nya bok om just koloniområdet i Simrishamn. Förmodligen liknar det andra koloniområden i landet. Som mina läsare säkert känner till är alla mina böcker fiktiva. Inga av människorna eller episoderna har någon verklighetsbakgrund och detsamma gäller denna bok.

Jag vet hur välskött koloniföreningen i Simrishamn är, och hur idogt medlemmarna arbetar för denna. Jag vill därför kraftigt understryka att ingen av personerna i boken har något som helst att göra med Simrishamns koloniförening. Allt är författarens egna fantasier och i den händelse någon tycker sig känna igen någon eller något från verkligheten är detta en ren tillfällighet.

Jag vill tacka alla som lånat ut sin underbara miljö till mina tokiga fantasier och hoppas att ni och alla andra runt om i Sverige kommer att roas av boken.

Kapitel 1

Hjördis skramlade med nycklarna som hängde i en stor trä-skiva och öppnade dörren till koloniföreningens hygienut-rymme.

– Känner du doften, Berta?

Berta Andersson vidgade näsborrarna som en ilsken tjur.

– Jag tycker inte här luktar illa. Berta såg frågande på Hjördis Kron.

– Jag sa inte att det luktar illa, rättade Hjördis. Men, det doftar starkt av rengöringsmedel. Är det Inga som har städ-ningen denna veckan?

– Jag tror det. Fast det är väl bra att hon städar rejält?

– Tänk på att rengöringsmedel köps in av föreningens kassa.

– Äsch, låt Inga blaska på bäst hon vill. Mig stör det inte. Jag tycker det luktar rent och fräscht i alla fall.

Hjördis svarade inte, men tittade orolig mot Berta av räds-la att hon sagt något fel.

Koloniföreningen hade hundrafemtio lotter och vissa ar-betsuppgifter delade medlemmarna mellan sig enligt ett noggrant uppgjort schema. Den nybyggda stugan innehöll hygienutrymmen med toaletter och dusch och det fanns också en liten samlingslokal där föreningen kunde hålla sina möten.

Berta och Gunnar Andersson hade kolonilott bredvid Hjördis och Konrad Kron. Båda paren hade en liten stuga på sin lott. På norra koloniområdet. Fint skulle det vara, nära havet och med bra odlingsjord, det var de överens om.

Berta drog den tunna, blåblommiga gardinen åt sidan och tittade ut mot de välkrattade gångarna som snirklade sig som ormar runt de små kolonistugorna.

– Jag hade skämts ögonen ur mig om jag visat mig så där. Hjördis stack fram sitt huvud bredvid Bertas.

– Camilla! Äkta är dom inte, det syns, fnös hon. Nej, riktiga silikonpumpor. Hjördis kliade sig på näsan.

– Tror du det? Att det är silikon, menar jag. Berta sträckte på sig för att kunna se bättre.

– *Tror*. Det ser du väl. Dom rör sig inte när hon går. Men ändan den rör sig, se hur den dallrar. Ja, Gud sig förbarme … och i bara bikini, och ingen värme är det. Nej, hon vill bara visa upp sig. Att hon inte skäms.

Plötsligt öppnades dörren och Assar Pålsson klev in.

– Som du säger, fnissade Berta. Pumpor.

– Jaså, damerna står och pratar om pumpor.

Hjördis och Berta tittade förskräckt på varandra.

– Ju större pumpor, desto bättre. Det säger din man också, Berta.

I den sekunden kände sig Berta lika ertappad som den dag då hennes mor fann henne sittande på utedasset rökande en

John Silver utan filter. Det var en sådan där känsla som man liksom inte kan beskriva. Den pressade luften ur lungorna på något märkligt sätt och sedan stod tankarna stilla.

– Vi talade om ... Berta visste inte hur hon skulle fortsätta.

– Men herregud, det är väl inget att se skräckslagen ut för. Ulla och jag ska också så pumpor. Det är dags nu och så vitt jag vet är det inte förbjudet.

Damernas kroppar sjönk ihop av lättnad.

– Står ni i kö, eller vill ni diskutera färdigt först? fortsatte Assar, och utan att invänta svar gick han in på toaletten.

Bertas och Gunnars pumpor hade vunnit den årliga pumpatävlingen i koloniområdet och allt fler hade börjat odla pumpor.

– Tvi, tvi, tvi, sa Hjördis häftigt. Ser du inte att en svart katt går över grusgången?

– Du tror väl inte på gammalt skrock, Hjördis?

– Jag tror på allting. Till och med vädret med Pohlman.

– Ha en bra dag, sa Assar vänligt när han lämnat toaletten och gick ut i försommarsolen.

– Ska du eller jag gå först? undrade Hjördis och pekade på toaletten.

Berta svarade inte, men slank snabbt in genom dörren med det röda hjärtat på. Hjördis tittade sig runt i samlingslokalen. Där var ombonat och trivsamt. Hon såg sig i spegeln. Hjördis var liten och fick sträcka på sig för att kunna se. Hennes ljusa hår var hårt permanentat. I maj och oktober permanentade hon sig alltid och ville ha så mycket lockar som möjligt för pengarna. Lite nöjd var hon allt över vad hon såg. Solen hade gjort hennes hy svagt gyllenbrun. Hennes ansikte var runt och ögonen var grönmelerade och mandelformade. Trots sina sjuttio år hade hon alltid läppstift, fast i en diskret, ljus ton som bara såg ut som läppglans. Hon studsade till när hon hörde Berta vrida om låset i dörren.

– Näste man är en kvinna, skämtade Berta.

När Hjördis låst dörren till toaletten sneglade Berta försiktigt mot spegeln. Ingen grannlåt, tänkte hon. Fast det är klart, det kunde varit värre. Rynkorna hade förstås blivit djupare och håret gråare, men är man sjuttiotvå år får man vara tacksam för att kunna gå utan rollator. Ett par av hennes väninnor tvingades använda sådana där fortskaffningsmedel, som Gunnar brukade kalla dem.

När damerna uträttat sina bestyr följdes de ut.

– Jag tycker ändå att Inga kunde spara på rengöringsmedlet, sa Hjördis buttert när de låste dörren efter sig.

När de kom tillbaka till kolonistugorna satt Gunnar och Konrad vid trädgårdsbordet hos Konrad och drack hallonsaft.

– Och det gick bra? undrade Konrad utan att få något svar.

Hjördis hängde nyckelknippan på en liten krok innanför dörren.

– Vill du ha lite saft, Berta? undrade Hjördis.

– Det säger man inte nej tack till, svarade hon och satte sig på en av trädgårdsstolarna med en blåblommig dyna.

– Snart är det dags att så pumpor, sa Gunnar och damerna tittade på varandra och fnissade.

– I år ska jag gödsla ordentligt så dom blir större än era, skrattade Konrad och tog en klunk saft.

– Det blir många blommor på hortensian i år, konstaterade Hjördis nöjt.

– Det är vackert med blommor, sa Berta. Plötsligt blev hon allvarlig och tittade på Gunnar. Jag har tänkt på en sak, fortsatte hon. När jag dör vill jag gärna ha blommor.

– Dör! sa Hjördis förskräckt. Varför säger du så? Blommor får man väl alltid när man dör.

– Ibland står det i dödsannonserna "Istället för blommor tänk på Röda Korset" eller något liknande. Så vill inte jag att det ska stå i min annons. Jag vill ha blommor. Berta rodnade lite och skyndade sig att tillägga: Ja, jag kan själv betala in till Röda Korset, fast på begravningen vill jag ha många blommor. Annars tycker jag det ser futtigt ut på något sätt.

– Du kan då få till det, skrattade Gunnar.

– Jag såg på anslagstavlan att koloniföreningens vårfest ska vara den tjugoåttonde maj. Festkommittén har redan haft möte. Snart blir det stormöte där vi ska bestämma vad vi ska ha för mat och hur mycket det ska kosta, sa Berta och log.

Hade Inga sparat lite på rengöringsmedlet hade vi kunnat hålla kostnaderna nere, tänkte Hjördis.

Berta hade hållit med Gunnar om att de verkligen hade haft tur som fått kolonilotten bredvid Hjördis och Konrad. Båda familjerna hade bott i Smedstorp. Sedan barnen flyttat hemifrån tyckte de att husen var för stora och tungarbetade. Ovetande om varandra hade de köpt var sin insatslägenhet på

Landstingsgatan i Simrishamn. I samma hyreshus dessutom.

"Jaså, du är i stan i dag", hade Konrad sagt till Gunnar när de träffades på parkeringsplatsen utanför huset. "Du med ser jag", hade Gunnar svarat förvånat och berättat att de flyttat till Simrishamn. De var inte direkt bekanta tidigare, men i det lilla samhället där de tidigare bott kände alla till varandra.

Det var fina lägenheter i huset med stora balkonger, fast sina hus och trädgårdar saknade de.

Under en förmiddagskopp hade de bestämt sig för att skaffa var sin koloni. Att de nästan på samma gång hade kommit över en, tillika bredvid varandra, gjorde dem både förvånade och glada. Det var i sådana stunder som Gunnar alltid brukade komma med sina ordspråk. Den gången hade Berta sett hur han nästan vänt ögonen ut och in för att finna något lämpligt. Han hade börjat formulera något som började med "Den som hittar ...", men sedan hade han liksom vänt ögonen rätt igen och inte ett ord mer hördes. Visserligen väste det till i strupen, men det var också allt.

Våren var en bråd tid i kolonierna. Herrarna klippte buskar och strödde ut gödning på gräset, medan damerna rensade i rabatterna. Noggranna och försiktiga var de alla fyra. Damerna bar in dynorna till stolarna varje kväll och herrarna låste omsorgsfullt in redskapen. Konrad i ett litet skjul på tomten, medan Gunnar ställde sina på en presenning som han lagt över mattan inne i stugan. Under sommaren skulle han snickra en bod, men än så länge fick det bli så här. Några tjuvar och vandaler hade till och från härjat i området. Till och med ett par bränder hade anlagts där.

När de låst dörrarna och hänglåsen på grindarna stod de en stund vid cyklarna och pratade. Berta la sin handväska i cykelkorgen och böjde sig sedan ner och drog fram cykelpedalen till rätt läge för att komma igång. De vinkade till några andra koloniägare när de cyklade förbi deras stugor och försvann lätt vinglande över parkeringsplatsen mot bron som ledde fram till Strandpaviljongen.

Ostan låg på och vågbruset slog mot stranden. Fiskmåsarna skränade och for runt i ryckiga rörelser. De cyklade alltid förbi hamnen och sedan Stenbocksgatan upp. Kvällarna var kyliga och Berta var glad över att hon hade tagit på sig sin tjocka kofta. Hon var också glad över att de blivit bekanta med Hjördis och Konrad. Livet hade blivit så rikt på något sätt. Berta hade andra väninnor också, men trots att hon haft dem i många år var det ändå Hjördis som stod henne närmast. Det var som om Hjördis kunnat läsa hennes tankar för plötsligt vände hon sig om och vinkade till henne.

Kapitel 2

Berta ålade sig in i den gamla Volvon rädd att stöta till bilen bredvid. Det där med att parkera i små parkeringsrutor gillade inte Gunnar. I Smedstorp hade han haft nästan ett helt tunnland mark att parkera på. Och när de handlade kunde han enkelt parkera utanför Leif Handlare. Där fanns inga markerade rutor utan man ställde bilen var som helst där det fanns en ledig plats. Berta såg allvarlig ut när Gunnar startade bilen. Nu gäller det att hålla käften, tänkte hon. Gunnar ville ha tyst när han backade ut. Bilen hoppade till och Gunnar svor. Han rattade och vred som om han körde en stor långtradare med dubbla släp.

– Jädrans spektakel för att kunna ta sig ut från parkeringen, muttrade han.

– Det gjorde du bra, Gunnar, sa Berta uppmuntrande.

– Bra och bra. Man kan väl inte göra annat än backa, fast klart det kan vara nog så besvärligt när bilarna står tätt.

Under tystnad lämnade de parkeringsplatsen och körde mot JHL i Tommarp som låg bara en halvmil från Simrishamn. Gunnar skulle titta på virke till den planerade boden och Berta på alla vackra blommor och sommarplantor.

Gunnar parkerade och kände sig nöjd med att det inte fanns markerade rutor. Han ställde sig långt bort från de andra bilarna.

– Ska du parkera ända i Gärsnäs? muttrade Berta. Det ser ju fånigt ut att ställa sig så långt bort när det nästan inte finns några andra bilar på parkeringen.

– Säger du, som inte själv kör. När vi kommer ut igen kanske parkeringen är full.

Gunnar gick med raska steg mot entrén. Berta böjde sig ner och drog i sina sockor. Det var alltid en speciell känsla när man fick ta på kortstrumporna. Det hade hon alltid tyckt. När hon var liten var det första maj som gällde. Om det så hade varit minusgrader skulle hon ha knästrumpor den dagen, och så fick Berta och hennes lillasyster Iris var sin glasspinne. Berta suckade. Nu åt man glass året om och det blev inte detsamma.

När hon kom till entrén hade Gunnar redan försvunnit in. Han låg steget före, så hade det alltid varit – sällan följdes de åt, sida vid sida. När de skulle gifta sig hade Berta förmanat honom och sagt att han måste gå sakta. Hon hade kunnat se framför sig hur han löpte kyrkgången fram till altaret innan Berta hunnit få av sig kappan.

Expediterna hälsade vänligt på henne och hon såg hur Gunnar försvann med ett biträde ut till brädgården. Berta njöt när hon fick gå bland blommorna. Välskötta och frodiga var plantorna, men hon fick allt vänta med att köpa sommarblommor tills hon plockat fram sina urnor och lådor. Fast njuta kunde hon få göra, och planera vad hon skulle köpa.

– Jag får väl låna Konrads släp i veckan och köra och köpa det där virket så jag hinner få ihop redskapsboden innan hösten, sa Gunnar när de gick tillbaka mot bilen. Hittade du några vackra blommor till din begravning?

– Asch, säg inte så. Men kom ihåg vad jag har sagt, sa hon tyst.

Ingen sa något, men sin vana trogen svängde Gunnar åt höger mot Smedstorp istället för mot Simrishamn. De hade noga följt vad som hänt med deras hus efter försäljningen. Sonen Mikael och hans hustru Mona hade byggt en modern villa i Smedstorp några år tidigare och var inte intresserade av att ta över huset. Hjördis och Konrads son Thomas med familj hade emellertid tagit över föräldrahemmet eftersom de hade bott i en ganska trång lägenhet.

– Där sitter Anton Nilssons ofärdiga dotter Hulda på mjölkbordet och dinglar med benen som vanligt, sa Gunnar.

– Jag tycker inte om när du säger "ofärdig". Riktigt trist är det för Anton och Agda. Vad menar du egentligen med ofärdig? Nu lät Berta irriterad.

– Ofärdigt är väl när huvudet inte är riktigt färdigt.

– Jag tycker att hon har ett sött huvud.

– Man menar väl mer inuti huvudet? Plötsligt blev Gunnar själv osäker på vad han menade.

– Vilken himla tur då, Gunnar Andersson, att ditt huvud är färdigt, både ute och inne. Berta tryckte sin handväska närmare sig.

När de kom fram till sitt forna hus blev Berta som vanligt allvarlig. Det var så många minnen som strömmade emot henne. Mikaels brunbrända kropp när han lekte i badbaljan i trädgården. Barnbarnet Louise som så ofta varit och hälsat på dem. Inte var det detsamma att komma in till en hyreslägenhet i stan. Men var tid har sitt, suckade Berta för sig själv.

– Sa du något? undrade Gunnar.

– Jag tänkte på förr i tiden.

– Det var min själ då det. Titta! Gunnar pekade på en stor skylt som de nya ägarna av deras hus slagit upp. "Galleri". Hela Österlen är snart ett enda stort galleri. Potter och förvrängda skallar av lera. Hur fanken kan dom livnära sig på det?

– Inte vet jag. Men titta! Vad trist att dom satt upp skylten framför syrenhäcken. Det låg sorg i orden.

– Naturen ser dom förstås inte, har nog med sina lerklumpar och penslar.

– Nu är du orättvis. Många gör fina saker tycker jag, sa Berta. Se på vår marmeladburk. Den köpte Mona på ett galleri.

– Marmelad finns väl i dom färdiga burkarna man köper. Inte ska man väl behöva pytsa runt den på det där sättet. Allt ska vara så märkvärdigt nuförtiden.

– Ibland tycker jag att du själv gör dig märkvärdig över sådant som du inte begriper.

– Ska boden laseras brun eller vill du att vi målar den röd? undrade Gunnar lismande för att byta samtalsämne.

– Välj själv, du som vet allt.

Så var det varenda gång de körde och tittade på sitt gamla hus. Plötsligt blev tonen irriterad mellan dem. Annars hade det under deras femtioåriga äktenskap inte varit många skärmytslingar. Kanske någon gång när de skulle ha gäster och Berta var stirrig, vilket hon alltid blev. Fast Gunnar hade lärt sig och han höll sig undan.

– Vi anmäler oss väl till kolonifesten? undrade Gunnar när de närmade sig Simrishamn.

– Det är väl klart. Hjördis och Konrad ska dit, det vet jag. Men vi väntar med att anmäla oss till efter mötet. När vi vet hur mycket det kostar.

– Vill man, så vill man. Då spelar det väl ingen roll hur mycket det kostar. I fjor kostade det tvåhundra per person och det tycker jag att det var värt. Räknar man sedan med inflationen kan det väl inte bli mer än vi klarar av.

– Inflationen? Vad vet du om inflationen Gunnar Andersson? Berta tittade förvånat mot sin make.

– Asch, det är sådant man säger bara, svarade han generat. Han var orolig att Berta skulle gå in i en djupare diskussion. Hon följde med vad som hände, påläst det var hon om både det ena och det andra, tänkte han stolt och klappade henne på knät.

– Vad vill du nu? Det blir ingen prinsessbakelse till kaffet om det är det du är ute efter, skrattade Berta och strök honom över handen.

De la sig en stund och vilade i den nya dubbelsängen när de kommit hem. De lyfte det gobelängmönstrade överkastet vid huvudgärden på samma gång och placerade huvudkuddarna på överkastet. Berta sträckte sig ner och tog plädden som låg vid fotändan och bredde den över deras fötter.

– Blir det fint väder i helgen kan vi grilla i kolonin. Vi kan bjuda Hjördis och Konrad, sa Gunnar.

– Vi får väl se hur det blir, svarade Berta sömnigt.

Det hördes en duns när dörren i trapphuset slogs igen och sedan ljöd klapprande steg av trätofflor i trappan.

– Det var ju självaste satan, vilket liv dom kan föra. Det hörs värre än jag vet inte vad …

– Ja, inte är det sådana där floppatofflor, eller vad dom heter. Men man får vänja sig.

– Det hörs som dom springer rakt igenom skallen på mig, muttrade Gunnar.

– Trätofflorna kan jag väl stå ut med, så länge som dom klampar på dagtid. Då är det värre med tvättstugan tycker jag, sa Berta.

– Tvättstugan? Gunnar reste sig på armbågen och tittade på Berta. Vad är det för fel på den, om jag får fråga?

– Äsch, boka tid och planera, det är jag inte van vid. Maskinerna är så stora att hela vår garderob får plats i en enda maskin om så skulle vara. Och så saknar jag att kunna hänga ut tvätten och låta den soltorka.

– Var tid har sitt, sa du när vi var i Smedstorp i dag.

– Och så tycker jag att det är kusligt på något sätt där nere i källaren.

Gunnar svarade inte utan slöt ögonen. De hade båda haft svårt att vänja sig vid boendet i lägenhet. Parkeringen, skramlandet i trappan och tidsbokningen i tvättstugan. Gunnar öppnade ögonen igen.

– Men varmt och gott är här. Det drar inte genom fönstren

som i huset. Går något sönder kommer dom och lagar det. Det tycker jag är bra, sa Gunnar positivt.

– Kattorna saknar jag också, sa Berta. Fast det är synd att ha dom i en lägenhet. Så började hon fnissa.

– Vad är det som är så skoj med det?

– Jag tänker på när vi kastrerade vår katt, Fisen.

– Det är väl inget skojigt. Att ha fördärvat allt det roliga för honom.

– Äsch, jag tänker på vad Mikael sa den gången: "Varför skärde ni pungen av Fisen, far."

– Det är väl inte så lätt för en unge att hålla reda på dom där grejerna. Ska vi vila eller inte? Gunnar svepte pläden tätare omkring sig.

– Visst var det för tokigt med Fisen, småskrattade Berta. Kan jag få lite av pläden? Hon ryckte åt sig den och vek in den under knäna.

Middagssolen sken och de tunna tyllgardinerna släppte generöst in ljuset i rummet. På Bertas sängbord tickade en väckarklocka ihärdigt och bredvid låg en bok om trädgårdsskötsel.

Kapitel 3

– Jag går upp till Konrad och frågar om jag kan få låna släpet att ta hem brädorna med, sa Gunnar när de vaknat.

– Bra, för jag vill inte ha någon redskapsbod i det enda rum vi har i stugan.

Gunnar smet snabbt ut genom dörren innan hela tiraden skulle komma igen. Visst förstod han Berta, det gjorde han, men hon var alltid så hialös. På momangen skulle allt vara klart.

Berta vek omsorgsfullt ihop pläden och gick ut i köket. Hon plockade ut en påse hembakade kanelbullar ur frysen och la dem på diskbänken. Sedan satte hon sig vid köksbordet och slog upp Icas reklamblad och började skriva en handlarlapp. Det ska bli skönt när grönsakerna och kryddorna blir färdiga i kolonin, tänkte hon. Nästan tjugo kronor för en bunt gräslök, det tyckte hon var hutlöst. Inte fanns det mycket i de där knippena heller. Hon slog på transistorradion som stod i köksfönstret, la ifrån sig pennan och log. "Gamla Nordsjön", tänkte hon. Med Harry Brandelius. Det var annat än det där gapandet som de flesta av dagens artister ägnade sig åt.

– Gamla Nordsjön, som svallar och brusar under vindarnas växlande gång. Sedan urminnes tider oss tjusar, sjöng hon med.

Det ringde på ytterdörren och hon skruvade snabbt ner volymen.

– Hjördis, sa hon glatt. Körde dom ut dig?

– Äsch, dom pratade bara lasyr och brädor. Gunnar märkte nog att jag inte var intresserad och han sa att jag kunde gå ner och slänga käft med dig. Om jag inte stör dig, förstås?

– Bara trevligt, Hjördis. Du stör aldrig.

Berta förde reklambladet åt sidan och gick bort och började brygga kaffe. Är kaffeburken alltid tom hemma hos er också när du ska brygga kaffe? fortsatte Berta. Det är tråkigt att öppna ett nytt paket. Alltid far bönorna utanför. Gunnar tycker det är lika tråkigt och jag blir tokig på honom.

– Varför då? undrade Hjördis nyfiket.

– "Vill du sätta på en kvällskopp?" säger jag ibland. "Jag tror jag står över i kväll", svarar han fast jag vet att han är kaffesugen. Det är bara för att han sett att bönorna är slut i burken och han måste öppna en ny. "Jag tror att jag ska ha en kopp", säger jag. "Ska du ändå koka kan jag väl alltid ta en jag med", svarar han nästan jämt. Fast jag vet nog, sa Berta och körde in kniven i kaffepaketet så att vakuumet pös ut.

Hjördis skrattade igenkännande.

– Jag hörde att doktorinnan Siv Rydholm ska flytta in här i huset. Hon har ju blivit änka, sa Hjördis.

– Säg inte så. Berta knep ihop ögonen.

– Hon är väl rar, det lilla jag känner till i alla fall, sa Hjördis förvånat.

– Jag menar inte Siv, men jag blir tokig när man kallar henne doktorinnan. Hon är väl ingen doktor, så vitt jag vet i alla fall. Hon är småskolelärare. Varför ska hon glänsa med sin mans titel? Då kunde jag kallas chaufförskan.

– Det är väl inte hon själv som kallar sig så, det är som folk säger, försökte Hjördis släta över. Men visst är det konstigt, det kan jag hålla med om.

Berta suckade och dukade fram kaffekoppar. Så log hon. Hon berättade för Hjördis vad Mikael sagt när de kastrerat Fisen. Hjördis skrattade hjärtligt och fick torka tårarna med den blommiga kaffeservetten som Berta just lagt fram.

– Ja, se ungar, sa Hjördis. Det är lika tokigt som när vårt barnbarn, Nicklas, skulle kasta en pinne som hunden skulle apportera. När han kastade pinnen ropade han "abort, abort . . .". Vi kan vara glada, Berta, som har våra barnbarn på nära håll. Vi har bekanta som har sina barnbarn i Amerika.

Berta flämtade och insåg att de var lyckligt lottade.

– Äter du upp spiken? skämtade Berta när Gunnar sa att han måste iväg och köpa mer spik.

– Någon invärtesfakir är jag inte och det är så jag själv undrar ibland vart all spik tar vägen. Dyra är dom rackarna. Men ska det bli någon bod får det bli så, sa Gunnar när han stängde dörren.

Han var stolt och glad över Berta, tänkte han när han satte sig i bilen. Han hade lite dåligt samvete för att han fräst åt henne ett par gånger de senaste dagarna och han kände sig olustig. Så flinade han brett. Han skulle köpa en blomma med sig hem till henne. Banne mig, det skulle han. Då blir hon säkert glad. Plötsligt kände han sig riktigt nöjd med sig själv.

Det fanns bara två bilar vid Blomstertorget. Gunnar låste bilen och gick med stolta steg in i affären. Lite obehagligt kändes det att komma in där. Han trodde det var samma känsla Berta hade när han skickade henne på något ärende till Systembolaget. Det var väl det där, att det var något som de inte behärskade. Osäker kände han sig i alla fall.

– Kan jag hjälpa till? sa en vänlig expedit.

– Jag ska ha blommor till frugan.

– Några röda rosor kanske? log biträdet.

– Nej, jag vill ha tre röda nejlikor, svarade han snabbt eftersom han hört Berta säga att rosor vissnar så fort.

– Ska det sitta något kort i buketten?

– Ja tack, svarade Gunnar artigt.

– Ska det vara ett gratulationskort?

– Nej, bara ett vanligt.

– Biträdet la fram en penna och letade i kortstället.

– Vill hon vara vänlig att skriva åt mig vore det bra, sa Gunnar generat.

– Vad ska det stå? Biträdet la ett neutralt kort på disken.

– Från Gunnar Andersson?

Damen såg frågande ut.

– Jaså, det är till att ge sig ut på friarstråt?

Gunnar vände sig om och stirrade in i Holgers spefulla

blick. Holger hade koloni i samma område, och Gunnar gillade honom inte. Han var ironisk och otrevlig, det hade han alltid tyckt.

– Tyst, inte så högt. Och du, säg inget till Berta, sa Gunnar hemlighetsfullt.

Holgers magra ansikte blev om möjligt ännu magrare när hakan föll ner. Det var som om han inte kom sig för att säga något mer utan smet snabbt ner i en av gångarna mot petuniorna. Han kunde ändå inte låta bli att på håll titta förvånat bort mot Gunnar.

Hade han ett annat fruntimmer? Berta skulle bara veta. Plötsligt blev han härsken. Det trodde han verkligen inte om Gunnar. Inte verkade han skämmas heller. Nej, snarare stolt. Värmen inne i växthuset gjorde Holger ännu mer svettig och han kände det som om han skulle få en släng av sin allergi.

Gunnar la in nejlikorna i baksätet just som Holger kom ut till parkeringen.

– Jädrans Casanova, sa Holger vänd mot Gunnar, innan han klev in i bilen.

– Ja, dom säger att jag alltid varit en kvinnotjusare. Tack för dom orden, dom värmde, sa Gunnar högt, men trodde inte att Holger hörde det, eftersom Holger i samma stund stängde bildörren.

– 'Inget svar är ändå ett svar', sa Gunnar högt, stängde bildörren och körde leende därifrån. Han slog handen ett par gånger i instrumentpanelen som för att understryka att han plattat till Holger.

Gunnar satte på bilradion. När han köpt spik körde han

inte direkt hem, utan tog ett par raggarsvängar på stan som han brukade säga till Berta om hon tyckte han dröjde när han uträttat något ärende. Han brukade sätta kepsen bak och fram och lite nonchalant säga att han tagit en raggarsväng. De första gångerna han sagt så hade Berta skrattat, men den senaste tiden hade hon bara himlat med ögonen.

Han tänkte skämta med Berta och ringde på ytterdörren.

– Det är blomsterbud som ska lämna blommor från Gunnar Andersson, sa han när hon öppnade dörren.

– Blommor? Var kommer dom ifrån?

– Från mig. Hörde du inte? Från Gunnar Andersson. Han överlämnade blommorna med pappret kvar.

Berta vecklade av pappret och läste på kortet: "Från Gunnar Andersson".

– Tok. Varför har du köpt blommor till mig?

– Kände att jag ville. Gunnar knyckte lite nonchalant på nacken.

– Tack Gunnar, det var rart av dig ... Hon avbröt sig eftersom hon tänkt säga att det var onödigt att köpa blommor när de hade egna i kolonin.

Kapitel 4

Gunnar satte genast igång att spika och dona så fort Konrad hjälpt honom att få hem plankorna.

– AKTA! Håll dig ordentligt i stegen så du inte ramlar, skrek Berta.

Gunnar gav henne en mörk blick.

– Och se upp så stegen inte faller mot fönstret, vädjande hon.

– Herregud, människa! Jag står på andra trappsteget, jag ska inte bestiga Eiffeltornet. Räck mig hammaren.

Berta höll krampaktigt i stegen och vågade nästan inte släppa taget för att hämta hammaren.

– Tänk på solen. Du har ingen keps på dig, Gunnar. Får du solsting kan du falla ner. Vi kunde tagit med bogserlinan och lagt om midjan på dig.

Gunnar tittade på Berta med tom blick.

– Håller du på lite till, så kommer redskapen att få stå i rummet hela sommaren. Då blir det ingen bod. God kväll, sa Gunnar plötsligt och tittade generat mot gången där Holger och hans hustru Erna promenerade förbi. Akrobatik på hög nivå, skämtade Gunnar, när han förstod att de hört deras samtal.

– Vi har ingen bogserlina, men ni kan få låna vår flagglina, sa Holger ironiskt.

Berta smög försiktigt in i stugan. Typiskt att just Holger och Erna skulle höra deras samtal. Hon kikade ut genom den rödblommiga gardinen. Nu var Gunnar arg, det såg hon. Då blev han så där ryckig i sina rörelser. Hon såg med fasa att han klättrade upp på fjärde pinnen och att stegen vinglade. Hon tänkte rusa ut, men ångrade sig.

Gunnar spikade fast en tvärslå i en av ribborna. Spikarna hade han i munnen. De såg ut som pinnarna på en hötjuga. Irritationen över Bertas beteende ville inte lämna honom. Hon var bara för mycket ibland, det var ett som var säkert. Många pinsamma situationer hade uppstått genom åren på grund av hennes ängslan. Som den gång de var på fest. Gunnar hade harklat sig försiktigt och Berta hade farit upp och bankat honom i ryggen eftersom hon trodde att han satt något i halsen. Hon hade fortsatt att dunka och till slut hade hon tagit honom om axlarna och skakat honom till de andra gästernas förfäran.

Ibland tyckte Gunnar att det var konstigt att Berta inte bankat ihjäl Mikael när han var liten. Så fort han hostade var hon där och slog honom i ryggen eftersom hon varit säker på att han satt något i halsen. Till och med deras katt, Fisen, hade varit utsatt för hennes omilda behandling, men honom hade hon inte varit på ostraffat. Fisen hade en dag gett ifrån sig ett ljud som Berta inte kände igen och hon hade sprungit fram och ryckt och slitit i kattstackarn. Fisen hade fräst åt henne och klöst henne på armen.

Gunnar såg hur det fladdrade till i gardinen och när han förstod att Berta stod där inne och kikade på honom ryckte han till så han höll på att tappa balansen. "Flagglina", fnös han. Typiskt Holger att vara ironisk så snart tillfälle gavs. Men när han fått in Icakassen i cykelhjulet så både han själv och varorna farit ut över gatan, hade han inte varit så kaxig. Ja, Gunnar hade blivit vittne till eländet. När Holger sagt det där med flagglinan hade han så när tänkt säga: "Du kan få låna vår cykelkorg nästa gång du cyklar till affären."

Gunnar såg på nytt att gardinen rörde sig och plötsligt blev han fnittrig, samtidigt som en varm våg sköljde genom hans taniga kropp. Berta, Berta, tänkte han. Du är ju bara rädd om mig, fast det blir för mycket. Han log och vinkade mot fönstret och såg skuggan av Berta som snabbt drog sig undan. Orolig är hon, konstaterade han på nytt. Det var nog hela socknen överens om. Eller i alla fall de som kände henne.

Det gnisslade i grinden och Hjördis och Konrad steg in i trädgården.

– Jaså, du har börjat med boden, konstaterade Konrad och nickade mot det pågående bygget. Behöver du hjälp får du säga till.

– Tackar, tackar. Du har redan hjälpt mig med att få hit material och det är jag tacksam för, svarade Gunnar leende och klev ner från stegen.

– Är inte Berta med i dag? undrade Hjördis besviket.

Dörren öppnades försiktigt och Berta tittade ut.

– Jag undrade just om ni inte skulle komma i dag. Ni brukar

vara tidiga, sa hon vänligt, sträckte sig in i rummet och tog dynorna till trädgårdsstolarna och kastade ut dem på trädgårdsmöblerna.

– Vill du ha en öl, Konrad? undrade Gunnar. Jag har jobbat hårt och behöver svalka mig.

– Jag går in till vårt, sa Hjördis och pekade på korgen där hon brukade stoppa med sig lite förning. Elektricitet fanns inte i stugorna och de båda damerna brukade ta med sig termoskannor.

Konrad satte sig på en av trädgårdsstolarna.

– Jag tog kylväskan med så ölen är kall, informerade Gunnar och slickade sig om munnen samtidigt som han försvann in i stugan. Hjördis kom snabbt tillbaka igen och anslöt sig till de andra. Berta och Hjördis drog sig bort till blomrabatten där de stod och diskuterade.

– Har du gömt ölen, Berta? ropade Gunnar och stack ut huvudet genom dörren. Berta brukade aldrig röra hans öl.

– Jag gav dom till sniglarna, sa hon skuldmedvetet.

– SNIGLARNA! Vad fan säger du, människa? Gunnar stirrade på henne, utan att förstå vad hon menade.

– Jag läste i en trädgårdstidning att man kan locka mördarsniglarna med öl och sedan drunknar dom i den, försökte Berta förklara.

Det såg ut som Gunnar skulle säga något, men inte ett ord kom över hans läppar.

Berta pekade mot en skål öl som stod under parasollen.

– Har du gett mördarsniglarna *två kalla öl*, fräste Gunnar och följde med blicken längs lavendelkanten på rabatten, där det stod en hel rad med skålar. Är du från vettet, fortsatte han. Vi har väl inga mördarsniglar. Eller?

– Nej, men man måste förekomma.

– "Förekomma", suckade Gunnar. Vi har inga sniglar och du tänker locka hit dom med öl. *Min öl*, avslutade han och den sista luften försvann ur honom.

Konrad och Hjördis skruvade på sig.

– Nej, vi får väl gå in till vårt och ta ett tag i rabatterna, sa Konrad och reste sig.

– Jag har lite krusbärssaft, sa Berta försiktigt.

– Krusbärssaft, fnös Gunnar. Har du köpt den på System-bolaget? När han såg Bertas olyckliga skepnad stå där under den skånska fasadflaggan som vajade i vårvinden, tyckte han plötsligt synd om henne. Hon var makalös med att röra till allt, och ändå ville hon bara väl.

– Vi får ta ölen en annan gång, Konrad. Om du inte vill lapa den direkt ur skålarna förstås, försökte Gunnar skämta.

Gunnar återgick till arbetet med boden och Berta tog ett glas krusbärssaft och satte sig i skuggan vid rosenspaljén.

Ostanvinden hade tilltagit och i tystnaden mellan Gunnars hammarslag kunde hon höra hur Östersjöns vågor vräkte sig in mot stranden. Berta slöt ögonen.

'Där orden tar slut tar nävarna vid', tänkte Gunnar och drämde till en spik, men missade och slog sig på tummen.

– SATAN, vrålade han.

Berta slöt ögonen ännu hårdare och kunde inte förstå att några öl kunde frambringa sådan ilska.

Plötsligt ryckte det till i Bertas kropp. Hon hade så när

slumrat till, men vaknade när huvudet föll framåt. Hon höll ut handen samtidigt som hon tittade upp mot himlen. Det hade börjat duggregna och hon skyndade sig att lägga in dynorna på soffan inne i stugan. Hon gick ut och ställde sig på cementplattorna och tittade mot himlen. Blåsten tog riktigt tag i molnen och de drev som blålila bolster mot väster. Plötsligt kom en blixt med en efterföljande kraftig knall. Berta hoppade till.

– Gunnar, hoppa ner från stegen! Det åskar, skrek hon hysteriskt.

– Döv är jag inte.

– Skynda dig. Stegen är av aluminium och den kan bli strömförande om blixten slår ner i den.

– Vad du kan, Berta. Inte visste jag att du hade sådan materialkännedom. Det där med ölen satt kvar som en tagg inom honom. Han klev ner från stegen. Inte för att Berta bett honom, utan för att regnet tilltog.

Gunnar svepte snabbt presenningen om brädorna och skyndade in i stugan. Berta satt stelt på den vita pinnsoffan och Gunnar satte sig i en av de två fåtöljerna som Berta klätt om i ett vackert, smårutigt tyg. Åskan kom närmare och Gunnar hörde hur Berta räknade sekunderna mellan blixt och knall för att få veta hur nära åskan var.

– Tänk om det slår ner, sa Berta skräckfylld.

– Inte så nära havet. Blixtarna dras dit, tröstade Gunnar.

– Är det inte tidigt med åska?

– Åskan kommer när den kommer, svarade Gunnar.

Så kom en blixt och en knall på samma gång och ett skyfall

fick det att paddra på det tjärade papptaket. Berta ställde sig rakt upp på golvet.

– Flytta dig, Gunnar! Du sitter för nära fönstret.

Berta hade under alla år när de bodde i Smedstorp alltid gått ut och satt sig i bilen när det åskade, eftersom forskarna påstod att det var det säkraste stället. Hon brukade ta med sig fotoalbum och några andra småsaker med affektionsvärde i en väska som stod förberedd under sommaren. Mikael hade hon dragit med sig ut, om det så varit mitt i natten. Gunnar vägrade följa med ut till bilen och Berta kände sig som ett fån där de satt, medan Gunnar stod inne i vardagsrumsfönstret och glodde på dem. Efter flytten till Simrishamn hade hon skämts för att gå ut till parkeringen och sätta sig i bilen när det åskade. Hon tyckte inte heller att det kändes lika farligt mitt i stan, som ute på landet. Men här i kolonin tyckte hon att det var ruskigt obehagligt – och bara cyklarna hade de med sig.

Gunnar reste sig och gick bort till fönstret mot altanen.

– Så var det med den ölen, sa han trött och tittade på skålarna där ölen bytts mot regnvatten.

Berta knep ihop ögonen vid varje blixt. Gunnar satte sig på nytt i fåtöljen och de satt tysta och följde skådespelet utanför. Regnet forsade ner och paddrandet på taket höll nästan på att överrösta mullret från åskan.

Rummet var litet. Utöver pinnsoffan och de två fåtöljerna fanns ett litet bord och ett tidningsställ. Ett gammalt nattygsbord stod vid ena väggen med en oval spegel ovanför. Precis innanför dörren fanns en garderob som Gunnar inrett med hyllor där de förvarade kaffekoppar, socker och några paket kex – och saft förstås och några glas. De tyckte att det räckte med att släpa på termosen och ansåg att garderoben fungerade bra som skafferi. På väggen ovanför soffan fanns en liten hylla i furu. På den stod några prydnadsföremål. Bland annat en väderkvarn i blåvitt porslin som de köpt på en pensionärsresa till Holland. Det fanns också en spargris med en grön lyckoklöver målad på sidan och lite annat tingel-tangel. Vid sidan om hyllan fanns ett par små tavlor, eller rät-tare sagt, inramade naturbilder urklippta från någon veckotidning. På en central plats i rummet hängde en trätallrik med ett rödmålat hus, omgärdat av vackra björkar. Nederst stod målat: "Kiviks marknad 1956".

De små fönstren var immiga och det gick knappast att se ut. Berta kände sig obehagligt instängd. Hon fick nästan pa-nikkänslor av den kvalmiga och fuktiga luften i kombination med att inte kunna titta ut. Undrar om Hjördis och Konrad gett sig iväg? tänkte hon. Fast regnet hade kommit så plöts-ligt och hon var nästan säker på att de också satt och kurade i sin stuga. Nu när det grönskade kunde de inte längre se in till sina grannar. Förr hissade Konrad flaggan varje gång de kom till kolonin och halade ner den på kvällen. Då visste de alltid om de var i stugan eller inte. Fast Konrad tyckte det var ett jäkla hivande upp och ner med flaggan och till slut bestämde han sig för att köpa en vimpel istället, som kunde sitta uppe jämt. Han höll på etiketten, Konrad Kron. Han blev irrite-rad på folk som hade flaggorna uppe hela säsongen. "Någon respekt för fosterlandet får man allt ha", brukade han säga.

– När tror du att boden blir färdig? sa Berta försiktigt

samtidigt som hon spottade på fingret och gned bort en fläck på armstödet.

– Ramlar jag inte ner från stegen och bryter nacken, eller åskan slår ner i den, bör den vara färdig till midsommar, skämtade Gunnar.

Berta tittade på honom och kunde inte finna något komiskt i vad han sagt. Gunnar däremot tittade vänligt mot henne och sa:

– 'Det är aldrig försent att inte hinna bli klar.'

Berta tittade storögt mot honom. Hon började skratta.

– Tok, sa hon. Vad sitter vi här för? Det har slutat regna och åskan har dragit bort. Berta reste sig försiktig och tittade ut genom fönstret som om hon inte var riktigt säker på om det stämde vad hon sagt.

I samma sekund bröt solen igenom och hon öppnade dörren.

– Gunnar, i kväll behöver vi inte vattna.

Det luktade friskt och härligt i trädgården. Det droppade från taket och några gråsparvar badade i vattenpölen vid krusbärsbuskarna. Berta plockade bort lite grenar och blad som fallit av i det kraftiga regnet och Gunnar gick bort och skakade av vattnet från presenningen.

Hjördis och Konrad hade också kommit ut och Hjördis lutade sig över staketet.

– Ska vi gå en liten runda, Berta? Det är så friskt och skönt efter regnet.

– Gärna. Ska bara hämta koftan, det känns lite fuktigt, trots att solen tittar fram.

– Jag undrar vad det är för sorts klängranka Oscarsson har vid sin stugvägg? Den är så tät och fin tycker jag, sa Hjördis.

– Jag tror det är en bokharabinda. Dom växer som ogräs, men dom är vackra. Bra att dölja fula väggar och plank med.

Damerna snirklade runt i gångarna på området. Hjördis höll Berta under armen och de talade lågmält med varandra. Berta knuffade till Hjördis.

– Nu har hon fått kläder på sig.

Camilla kom emot dem i gången. Hon var klädd i ett par knäkorta byxor och en topp som inte lämnade något kvar åt fantasin. Den stramade över de yppiga brösten och Camilla sträckte på sig för att om möjligt göra barmen ännu mer framträdande.

– Det var ett rysligt åskväder, sa hon när de möttes.

– Tur det drog över så snabbt, svarade Berta vänligt.

– Ni kommer väl på kolonifesten? undrade Camilla.

– Vi har inte hunnit prata om det ännu, men det är möjligt, svarade Hjördis. Det är ju möte i morgon.

Två herrar stod i en trädgård och de höll nästan på att ramla över staketet för att kunna se Camilla.

– Karlar. Förstår inte vad det kan vara för attraktivt med sådana konstgjorda attiraljer. Berta fnös.

– Är du avundsjuk? sa Hjördis och lyfte ena ögonbrynet.

– Avundsjuk, fnittrade Berta. Inte skulle jag vilja gå och dra runt på sådana. Jag har nog besvär med ryggen som jag har.

– Titta, så vackert, sa Hjördis och pekade på en kolonilott som prunkade av blommor och målade stenar längs gångarna.

– Jag tycker det är märkligt att alla har så fint i sina trädgårdar här, sa Berta. Promenerar man i ett villakvarter är husen flotta, men ofta ser trädgårdarna vildvuxna ut.

– Det tycker inte jag är konstigt, svarade Hjördis. De köper fina hus, trädgårdarna får dom liksom på köpet, vare sig dom är intresserade eller inte. Koloni skaffar man för att man är road av blommor och odling, fortsatte hon.

– Det har du rätt i, det har jag inte tänkt på, svarade Berta. Mycket bättre än så här kan livet inte vara, tänkte hon. Gå här och känna Hjördis värme och titta på allt det vackra. Vinden hade mojnat. Vimplar och flaggor hängde slaka på flaggstängerna i trädgårdarna. Kolonisterna hade börjat packa för att bege sig hem till teven och radioapparaterna. En stark kontrast till tystnaden i området.

– Titta! flämtade Berta och drog Hjördis i koftan.

– Vad är det? Du skrämmer livet ur mig.

– Titta! En mördarsnigel. Berta stannade och tittade med förakt på snigeln.

– Den är säkert på väg hem till er för att dricka öl, fnittrade Hjördis.

– Ja, som det kan bli. Men jag ska köpa två nya öl åt Gunnar i morgon.

– Jag visste att det skulle bli åska i dag, suckade Hjördis efter en stunds tystnad.

– Visste du? Berta stannade upp på nytt.

– Det är mitt vänstra knä. Jag får alltid ont i det när det ska bli åska.

– Det är ett elände när man får sina krämpor, svarade Berta deltagande.

– Ibland blir jag nästan arg på Konrad för att han är så frisk och inte har ont någonstans. Klart jag är glad för hans skull, skyndade Hjördis att tillägga när hon såg väninnans förvånade blick. Men jag får minsann ta en massa tabletter mot högt blodtryck, värk och annat elände. Konrad tar bara en Alvedon i halvåret när han har ont i huvudet. Jag tycker det är orättvist.

– Visst, men sådana som är så friska brukar bara dö så där knall och fall.

Nu var det Hjördis som stannade upp. Berta klappade henne på handen och fortsatte olyckligt. Jag menar givetvis inte att Konrad ska dö knall och fall, ursäktade hon sig, men vissa gör det, trots att dom varit kärnfriska tidigare.

I dag har jag både sagt och gjort så mycket tokigheter, tänkte Berta bedrövat.

– Det förstår jag väl att du inte menade så, Berta.

Berta gick tyst. Så typiskt Hjördis. Skulle alltid släta över och nästan be om ursäkt även om det inte var hon själv som felat.

När de kom till bryggan som går över Tommarpsån bestämde de sig för att gå ner till havet och känna på vattnet. De höll sig i räcket och tog av skor och strumpor. Sedan promenerade de i den grova sanden ner till strandkanten.

– Hu, så kallt, sa Berta som var först med att doppa foten i vattnet.

– Det kan inte vara mer än tolv grader, fnittrade Hjördis när även hon känt på vattnet.

– Titta vilken vacker sten! Berta höll upp en svart, blank sten.

Hjördis böjde sig och plockade upp en likadan som hon höll mot bröstet.

– Nästan som en brosch, sa hon.

De plockade ivrigt till sig några stenar och stoppade i fickorna.

– Det är för blött att sitta i sanden. Ska vi sätta oss i den där uppdragna ekan? undrade Berta. Hjördis satte ner skorna i sanden och stoppade sockorna i koftfickan. Så satt väninnorna där på ekan medan solen vandrade sin väg mot väster. Vinden hade avtagit men havet var fortfarande oroligt och vågorna rullade kraftfullt in mot stranden. Bara ett par segelbåtar syntes på det öppna havet. Berta tog Hjördis hand och höll den hårt. De satt länge tysta tillsammans. Berta borrade ner sina fötter i den fuktiga sanden och plötsligt kändes det som om tiden stod still. Som om allt stannat upp runt omkring dem.

– Du har väl inte ont i ditt knä, Hjördis?

– Äsch, det är inte så farligt.

– Vart har dom tagit vägen? Gunnar vred sig på stolen.

– Dom inspekterar säkert trädgårdar, svarade Konrad.

Männen hade avslutat sina arbeten i kolonin för dagen. Gunnar hade burit in redskap och verktyg i stugan och nu satt de håglösa vid trädgårdsbordet och väntade på sina fruar.

– Nu har det blivit ett sådant där galleri i vårt gamla hus i Smedstorp, sa Gunnar medan han pillade bort smuts från nagelbanden.

– Bara man slipper ranta runt på dom där vernissagerna får dom slå upp hur många gallerier dom vill för min del.

– Ja, bevare mig väl. Berta drog mig med på ett par sådana under den där konstrundan en påsk. Parkeringsplatserna var fulla och det verkade mest som folk åkte runt för att synas och visa upp sig – i konstiga hattar, schalar och annat bjäfs.

– Det är konstiga tider, tycker jag. Förr hade alla hederliga arbeten, men nu är det datorer, lerpottor och andra konstigheter.

Gunnar sträckte på nacken och tittade ut över gångarna.

– Nu får dom banne mig komma. Det börjar kurra i magen.

De var olika de två. Gunnar var lång och ranglig. Hans hår var fortfarande mörkt, tjockt och vågigt, trots att han skulle fylla sjuttiofem. Konrad var liten och satt. Han hade flint och bara en smal krans av hår längst ner. Lite rödlätt var det, liksom hyn.

– Nu kommer dom, sa Gunnar lättad och reste sig. Han konstaterade nöjt att de såg glada ut där de kom spatserande arm i arm.

Damerna packade snabbt ihop sina kaffekorgar medan männen omsorgsfullt låste.

Knopparna på Bertas Albino Star kämpade för att fläka ut sina kronblad. Ja, all växtlighet liksom tog sats för att öppna sig mot den annalkande sommaren.

Kapitel 5

Det var ju för tokigt med ölen till sniglarna, sa Hjördis när de kommit hem.

– Jo du, Gunnar han snedtände allt, men jag förstår honom.

– Men för dig var det bra, Konrad.

– För mig?

– Jag tycker allt att du börjar få en riktig ölmage. På det här sättet blev det en öl mindre. Jag ska tacka Berta i morgon.

Konrad ställde sig vid hallspegeln och klappade sig på magen.

– Det är väl inte så farligt. Tänk, alla människor som är lite kraftiga och runda tycker jag ser så glada och förnöjda ut. Han såg belåten ut.

– Gunnar ser väl glad och förnöjd ut, trots att han är smärt och stilig.

– I dag såg han inte glad ut. Hon kunde väl nöjt sig med att bjuda sniglarna på *en* öl, skrattade Konrad.

– Det blir rester till kvällsmat, sa Hjördis och försvann ut i köket.

Konrad svarade inte utan gick in och satte sig i en av öronlappsfåtöljerna med fotpall som stod i vardagsrummet. Han la upp fötterna och tog dagstidningen och började bläddra.

– Herbert och Inga-Karin firar guldbröllop, ropade han mot köket när han kom till familjesidan. Här finns ett foto från när dom gifte sig – och ett nytaget.

– Jag får se. Hjördis kom in i rummet och böjde sig nyfiket över tidningen.

– Hon var nog på det viset, sa hon.

– Vadå, det där viset?

– Det ser du väl. Hon hade ingen brudkrona.

– Prata så man förstår, muttrade Konrad.

– Har dom ingen krona på sig när dom gifter sig, är dom på det viset.

– Vilket vis?

– Då är dom med barn.

– Vad är det med det då? Det kunde minsann du också ha varit innan vi gifte oss om vi inte varit så försiktiga.

Hjördis såg generad ut och försvann ut i köket igen.

– Ja, grann var hon inte som brud, Inga-Karin. Jag tycker hon ser yngre ut på det nytagna fotot, konstaterade Konrad.

– Trevligt för henne i så fall, svarade Hjördis.

Det var en vacker trerummare de fått. Utgången till balkongen fanns i vardagsrummet och Hjördis hade redan satt ut krukor med penséer. Var sin öronlappsfåtölj hade de framför teven med ett litet runt pelarbord mellan stolarna. Där stod alltid ett fruktfat och tevetidningen för veckan låg där också. Hjördis brukade, så fort tidningen kom, kryssa för de teveprogram hon ville se under hela veckan. Det var bara när det var fotboll eller ishockey som hon fick ge avkall på sina önskemål. Egentligen var det till ingen nytta Konrad saboterade hennes favoritprogram när det var matcher, eftersom han alltid somnade efter första halvlek.

Senare på kvällen tog Hjördis en promenad till Brunnshallen för att handla lite förnödenheter. Hon hade glömt handlarlappen och plockade planlöst på hyllorna.

– Det är väl förskräckligt. Det kunde man aldrig tro. Signe med kolonistugan vid hörnet kom bort till Hjördis. Signe var nyhetsankaret i kommunen. Inget undslapp henne. Sanningshalt var dock inte hennes starka sida.

– Vad är förskräckligt? undrade Hjördis ointresserat samtidigt som hon la ner ett paket kaffe i kundkorgen.

– Det är verkligen synd om Berta, fortsatte Signe.

– Berta? Hjördis släppte hyllan med blicken och tittade på Signe. Vad menar du med det?

– Ja, det där med Gunnar.

– Jag förstår inte vad du menar. Nyfikenhet och rädsla fyllde Hjördis.

– Att han håller sig med andra fruntimmer, menar jag. Och Berta som är så rar.

– Vad pratar du om? Kom till saken. Nu härsknade Hjördis till.

– Att han har andra fruntimmer.

– Skulle Gunnar ha andra fruntimmer? Vem har sagt det?

– Det var någon i kolonin.

– Då kan du hälsa den där personen att det är en evig lögn. Hjördis rynkade pannan. Kunde det vara möjligt?

– Gunnar var på Blomstertorget för ett tag sedan och köpte blommor. Kort skulle han också ha i buketten. Det märktes att Signe njöt över varje ord hon förmedlade.

Hjördis gav Signe en mörk blick och återgick till hyllan.

– Säg inte att jag sagt något. Plötsligt lät Signe orolig.

– Klart jag måste informera honom om vem som sagt det. Falska och luddiga påståenden får inte förbli obesvarade. Hjördis som brukade vara konflikträdd verkade plötsligt riktigt tuff. Men så var det också hennes bästa vänner som Signe förtalat.

Det var med tunga steg som Hjördis promenerade hemåt. Tankarna for runt i hennes huvud och hon visste inte hur hon skulle hantera informationen hon fått. Konrad var inte hemma när hon kom in i lägenheten. Hon plockade in varorna och fick syn på lappen på köksbordet: "Har bara kört ett ärende. Konrad".

Hjördis satte sig vid köksbordet. Hon tittade med tom blick ut genom fönstret. Så plötsligt kom tårarna. Hon reste sig och hämtade hushållsrullen. Gud hjälpe om det Signe berättade var sant. Hon satt länge kvar vid bordet och reagerade inte när Konrad kom hem.

– Vad är det Hjördis? Gråter du? Konrad lät osäker. Vad har hänt?

– Ingenting, sa Hjördis och fräste ut i hushållspappret som hon kramade i handen.

– Man gråter väl inte om det inte är något?

Hjördis svarade inte och Konrad gick in och satte sig hjälplöst i fåtöljen. Han hade alltid haft svårt för att trösta Hjördis när hon var ledsen. Han kände sig så tafatt och fånig på något sätt. I all synnerhet som han inte fick veta varför hon var ledsen. Fast högg i hjärtat på honom, det gjorde det när han såg henne så ynklig.

Kapitel 6

Styrelsen räknade med att det skulle komma många till kvällens möte i koloniföreningen. De skulle diskutera vårfesten. Därför hade föreningen hyrt scoutstugan som låg i anslutning till koloniområdet. Medlemmarna skulle själva ta med sig fika. Paren hade bestämt sig för att riktigt festa till det. De skulle köpa var sin räkbakelse på Skillinge Fisk. Gunnar hade lovat att köra och köpa dem. Han tog på sig kepsen och öppnade ytterdörren. Just när han skulle stänga den efter sig kom Berta rusande.

– Kör nu inte för nära kanten vid hamnen. Tänk om bilen far ner i hamnbassängen.

– För böveln, stå inte och gapa i trappan. Håller du på lite till så behöver jag ingen bil. Då hoppar jag i hamnen för egen maskin. Ska jag be att dom kollar räkorna extra noga, så där inte finns ben i som jag kan sätta i halsen?

– Ben, fnös Berta och stängde dörren.

I dag fanns inte många bilar på parkeringen och Gunnar backade smidigt ut på gatan.

Där var kö som vanligt i fiskaffären. Han tog en nummerlapp och tittade runt i fiskdiskarna medan han väntade på sin tur. Det var några fula jäklar, tänkte han när han såg marulkarna. De liknar min gamla folkskollärare Björk. Stora läppar och stirrande, trötta ögon.

– Fyra räkbakelser, sa Gunnar när det blev hans tur. Han riktigt kände hur det vattnades i munnen. Där kan de andra sitta på mötet i kväll med sina kanelbullar, log han.

Redan tidigt på eftermiddagen försvann Berta in i badrummet för att duscha och göra sig fin inför kvällen.

– Det är tur vattnet ingår i hyran, muttrade Gunnar när han hörde Berta slabba inne i badrummet. Han tittade på klockan. Exakt tjugo minuter hade hon stått därinne med vattnet fullt påslaget. Gunnar reste sig ur fåtöljen och knackade på badrumsdörren.

– Akta, så du inte får simhud mellan tårna, ropade han.

– Sa du något?

Gunnar upprepade inte vad han sagt, men han hörde hur Berta stängde av vattnet. Han satte sig på nytt i fåtöljen. Berta kom ut från badrummet iklädd en ljusgrön badrock i frotté och med en rödblommig handduk svept om håret.

– Sa du något, Gunnar? sa hon samtidigt som hon började frottera håret.

– Äsch, jag sa bara att grundvattennivån har sjunkit i hela kommunen, dramatiskt, klämde han i med som avslutning.

– Vad säger du! Berta slutade frottera. Då får bönderna inget vatten till grödorna.

Telefonen ringde och Berta försvann ut i köket.

Gunnar tittade på nejlikorna som Berta ställt i en fin vas

på matrumsbordet. Hon hade blivit glad och överraskad, det märktes tydligt. Men så var det inte så ofta som han kom hem med blommor. Tjugo år sedan var det åtminstone. När Berta blivit opererad för gallsten, mindes han. Eller gallersten, som Mikael sagt. Han log. Ska sanningen fram, var det Mikael som sagt åt honom att han borde köpa blommor till henne någon gång. Ja, Gud sig förbarme, det var mycket han skulle hålla reda på. Plötsligt satte Gunnar sig spikrakt upp i fåtöljen. Han tänkte på mötet med Holger. Han blev svettig om händerna. Han måtte väl inte berätta i kolonin om blommorna och friarstråten. Han fick sådana där ryckningar i vänstra ögonbrynet som han alltid fick när han blev nervös.

Prick tio i sex styrde ekipaget ut från parkeringsplatsen på Landstingsgatan. Herrarna satt i framsätet och damerna där bak. Berta höll stadigt i kartongen med räkbakelserna. Korgen med kaffe, muggar, bestick och servetter stod i bagageutrymmet. Gunnar var tacksam över att Konrad körde. Han blev ännu mer nervös när han hade passagerare i bilen. Han var själv irriterad över sin oro att köra, chaufför som han varit i alla år. Stor lastbil hade han kört. Han fattade det bara inte. Sorgligt tyckte han det var när modet svek.

Konrad parkerade på parkeringsplatsen nedanför scoutstugan. Det kom kolonister från alla gångarna i området, släpande på korgar och plastkassar.

Lokalen fylldes snart. Hjördis tog snabbt plats innerst vid ett långbord. De satte korgen och kartongen med räkbakelserna på bordet och slog sig ner.

– Kan vi sitta här, eller väntar ni på sällskap? sa Rut Pedersen och tittade vänligt på dem.

– Slå er ner bara, vi är ju nästan grannar. Konrad gjorde en gest mot de lediga stolarna.

Rut och Gert är trevliga, tänkte Hjördis. Alltid en hälsning och ett vänligt ord. Fin och välskött koloni har de, och intresserar sig även för andras. Byter fröer och lökar med andra kolonister.

– Det var ett rysligt regnväder vi fick i samband med åskan i går, sa Gert.

– Tjugotvå millimeter på kort tid, sa Gunnar samtidigt som han började placera ut papptallrikarna på bordet.

– Det är ju förskräckligt att grundvattnet håller på att ta slut i hela kommunen, suckade Berta.

Gunnar hoppade till och stötte till termoskannan. Berta lyckades rädda den i sista sekund.

– Håller grundvattnet på att försvinna? Gert såg förvånad ut. Konstigt, det har jag varken hört eller läst, fortsatte han.

Gunnar tog sats för att säga något, men hann inte innan Berta fortsatte.

– Dramatiskt var det till och med. Sa dom inte så, Gunnar?

– Äsch, började Gunnar samtidigt som han såg Holger och Erna komma in i lokalen. Ja, nu börjar det bli körigt, tänkte han och lyfte handen mot vänstra ögonbrynet som för att stoppa ryckningarna.

– Då skulle dom väl ha infört vattningsförbud, menade Konrad. Var har du hört om grundvattnet, Gunnar?

– Jag skämtade bara med Berta.

– Skämtade? sa Berta vresigt. Vad är det för roligt med det? Det är allvarliga saker.

Gunnar tackade i tysthet sin skapare att hon inte bräkt ur sig det högt på mötet i alla fall. 'Mitt största problem är vad jag ska göra åt allting jag inte kan göra något åt.' Ryckningarna släppte i ögonbrynet. De där ordspråken var så trösterika på något sätt. Han hade lärt dem av sin mor. Visserligen hade han upprepat dem för sig själv genom åren men han var ändå alltid lika förundrad över att han mindes dem. Psalmverserna i skolan hade han aldrig kunnat lära sig. Plötsligt såg han köket framför sig. Den långa träsoffan med det hemvävda tyget och det stora stenbordet. Det var där hans mor suttit på kvällarna och skrivit. Inte bara ordspråk och aforismer utan också anteckningar om vädret och andra händelser. Plötsligt kunde Gunnar förnimma doften från köket. Kryddorna som hängde i små knippen från takbjälkarna. Han suckade och svalde. Nu blev saliven så där varm igen. Så fort han blev rörd och sentimental blev alltid saliven varm på något märkligt sätt. Han ryckte till och såg att sällskapet väntade på en förklaring.

– Nej då, grundvattnet räcker säkert i vår tid, försökte Gunnar skämta, men alla i sällskapet såg mycket konfunderade ut.

Så knackade ordföranden, Karl-Åke Asp, klubban i bordet och Berta puffade till Gunnar för att han skulle hålla tyst.

– Välkomna! Alltid lika stort intresse när det börjar dra ihop sig till vårfest. Festkommittén har gjort ett bra arbete, som vanligt. Kan du berätta, Eva?

Eva harklade sig. Hon var rödblossig långt ner på halsen. Hon höll ett papper i handen och det såg ut som om hon stod och viftade med en solfjäder så som pappret darrade.

– Vi i festkommittén tycker att vi ska ha det extra festligt i år, med levande musik.

– Det är väl inte musiken som är levande, utan musikanterna, viskade Konrad till Hjördis.

– Tyst! Hjördis daskade till honom på armen.

– Som vanligt blir det catering eftersom det blir rörigt om alla själva ska ta med sig mat.

– Vad kostar kalaset? undrade en man från östra koloniområdet. Han flackade oroligt med blicken.

– Självklart blir det lite dyrare i år, svarade Eva utan att våga titta upp. Tvåhundratjugofem kronor per person är det tänkt.

Mannen från östra koloniområdet flämtade och tittade bekymrat på sin fru.

Erik Kvist, en storvuxen, rödbrusig man ställde sig upp. Det smällde när han förde in stolen till bordet.

– Jaså! Ni har planerat att Lasse Stefanz ska spela och att maten ska levereras från Operakällaren i Stockholm. Tvåhundratjugofem kronor! Jag hoppas att jag hörde fel!

Karl-Åke Asp slog klubban hårt i bordet.

– Festen är frivillig. Vi har diskuterat att sälja lotter under kvällen för att få ner kostnaden.

– Få ner kostnaden! Det var det dummaste jag hört. Ska vi tvingas köpa lotter blir det ännu dyrare. Svetten rann i Kvists panna och Eva vacklade till och satte sig ner.

– Vi har tänkt be Rolf-Görans orkester att spela och maten ska hämtas från Kerstins kök.

– Rolf-Görans, hånflinade Kvist och ställde sig upp igen. Då blir det inte mycket drag under galoscherna.

– Får man själv ta fylle med? undrade en försynt liten man.

– Om det är alkohol du syftar på, gäller samma som tidigare år.

– Det finns kanske nya här som inte vet vad som gällt tidigare år. Erik Kvist tittade sig omkring som om han sökte efter nya medlemmar.

– Dom som önskar föra med sig alkoholhaltiga drycker får göra det. I måttliga mängder. Det är inte meningen att det ska bli någon fyllefest. Ordföranden började se stressad och irriterad ut.

– Var det inte fest vi skulle ha? skämtade Erik Kvist och församlingen skrattade.

Gunnar höjde handen som om han skålade med Konrad och de såg förväntansfulla ut.

Rösterna i lokalen blev allt högre och Simrishamnarna som flanerade förbi i den annars tysta försommarkvällen stannade upp och tittade förvånat mot scoutstugan.

Efter en dryg timme hördes skramlet av porslin och stolar som skrapade i golvet. Mötet hade beslutat i enlighet med festkommitténs förslag, även om flera röster hade menat att kostnaden var alltför hög.

– Så fort något kostar pengar blir det liv i luckan, sa Konrad medan paren hjälptes åt att duka fram på bordet.

– Mat ska man ha ändå, sa Hjördis försiktigt. Sedan tänkte

hon på Inga och slöseriet med rengöringsmedel i hygienutrymmena, men hon bestämde sig för att hålla det inom sig.

Berta slöt ögonen när hon tog den första tuggan. Hjördis hällde upp kaffe och hon sneglade på de andra vid bordet som satt med bullar och kakor.

– Jaså, ni har börjat festen redan, skrattade Gert, och sneglade lystet på räkbakelserna.

Gunnar kände att han behövde harkla sig, men höll emot och tänkte på Berta, som då förmodligen skulle fara upp och banka honom i ryggen.

– Är där några ben i bakelsen? fnittrade Berta och tittade på Gunnar. De andra vid bordet såg oförstående ut.

Kapitel 7

När dörrarna till scoutstugan slogs upp och kolonisterna strömmade ut, var det som vårens kosläpp på bondgårdarna. Folket trängdes och puffades som om man tävlade om vem som skulle komma först. De flesta var uppspelta och glada, men Erik Kvist och några andra som protesterat mot de höga kostnaderna, såg trumpna ut och gick i en klunga för sig och smågruffade.

– Det känns kvavt, konstaterade Konrad när han satte in korgen i bagaget.

– Det måtte väl inte bli åska? Berta tittade ängsligt mot himlen.

– Jag har inte känt något i mitt knä, så det blir ingen åska, tröstade Hjördis.

– Ska vi gå bort till våra kolonier? undrade Gunnar.

Han fick inget svar men Konrad låste bilen och gick följd av de andra genom den lilla grinden in i området.

– Här är rofyllt, suckade Berta nöjt. Visst är det trevligt att vi fick kolonierna intill varandra.

– Verkligen, log Hjördis samtidigt som hon vände sig om och fick syn på Holger och Erna.

När Gunnar kom fram till kolonin fumlade han med låset till grinden.

– Jaså, det är till att vara ute och lufta frugan i kväll, sa Holger förargligt och tittade på Gunnar. Ombyte förnöjer.

Berta såg undrande ut och Erna såg generat på Gunnar.

– Fin kväll, sa hon lågmält. Visst ska det bli trevligt med vårfest?

– Ska du öppna Bed and Breakfast? undrade Holger och pekade på Gunnars påbörjade bygge med redskapsboden.

– Tyvärr är hela säsongen fullbokad, sa Gunnar vresigt.

Erna drog Holger i jackärmen och de försvann bort längs den välkrattade grusgången.

– Vill du följa med till toaletten, frågade Berta Hjördis när de kommit in i trädgården. Berta öppnade stugan och stack in handen och plockade ner nyckeln från kroken.

När Hjördis försvunnit in på toaletten satte sig Berta i en av stolarna och bläddrade lite förstrött i några broschyrer som låg på bordet.

Hjördis satt kvar extra länge på toaletten. Hon tänkte på det som Signe sagt. Och nu hade Holger gjort en konstig antydan. Sorgligt alltsammans, tyckte hon det var.

– Det är sådana som dom som vandaliserar här i området, sa Gunnar och Konrad höll med.

– Vadå? Berta hängde tillbaka nyckeln på kroken.

– Ser ni inte? Ett motorcykelgäng har slagit läger på andra sidan Tommarpsån.

– Så vadå? Berta tittade ointresserat mot platsen.

– Dom har sådana där märken på ryggen.

– Vadå för märken? Hjördis krafsade nervöst på handen.

– Dom där klubbarna är farliga, sa Gunnar.

– Hur vet du att dom är farliga, Gunnar? Dom har väl lov att campa och njuta av naturen som alla vi andra.

I samma ögonblick hördes ett vrål från platsen där gänget slagit upp sina tält.

– Vad var det jag sa! Gunnars kindkotor började mala. Vågar vi åka hem? Gunnar tittade på Konrad.

– Vi kan väl inte sitta vakt här hela sommaren, eller?

– Nu dramatiserar ni, sa Berta.

Gänget på andra sidan ån rusade sina motorcyklar.

– Får dom slå läger hur som helst – och var som helst? undrade Konrad.

– Får och får. Sådana gör väl som dom vill, muttrade Gunnar. Dom är farliga. Har knogjärn och slåss med cykelkedjor.

– Oj, oj, vad du vet allt, Gunnar. Jag tror jag ska lämna vårt uppslagsverk till Erikshjälpen. Vi behöver det inte längre – du vet ju allt. Du är ett orakel.

Hjördis vände sig om för att de inte skulle se att hon höll på att börja skratta. Gunnar och Berta var för festliga. Så kom oron över Signes ord över henne igen och leendet slocknade.

– Jag tror ändå jag sover över här i natt. Gunnar sträckte på sig.

– Vad skulle du kunna göra? undrade Hjördis.

– Se till att dom inte vandaliserar något här i natt.

– Det kan vara farligt, flämtade Hjördis.

– Jag är inte rädd av mig. Gunnars blick var stridlysten.

– Inte rädd? Berta gav upp ett hysteriskt skratt. Minns du för ett tag sedan när vi gick här i mörkret och det kom en tom plastkasse blåsande efter oss. Då höll du på att springa ihjäl dig eftersom du trodde vi var förföljda. Det tog tio minuter innan hjärtat stannade på dig. Berta talade på både ut- och inandningar.

– Om hjärtat stannat hade jag varit död, flinade Gunnar och tittade ner i marken.

– Du förstår vad jag menar, sa Berta generat.

– Nu kör vi hem. Allesammans, sa Hjördis med sprucken röst.

– Ni får som ni vill, muttrade Gunnar men kom sedan inte och säg …

Ingen lyssnade på honom utan promenerade iväg mot parkeringsplatsen.

– 'Bättre fly än illa fläkta', muttrade Gunnar.

– Fäkta, suckade Berta.

Gunnar knep ihop ögonen. Det var ingen bra avslutning på kvällen, tänkte han.

När Konrad höll på att låsa upp bildörren hördes musik och högljudda röster från motorcykelgängets tältplats. Paren satte sig snabbt i bilen och Konrad Kron gjorde sitt livs första rivstart och singeln sprätte ut över den gräsbevuxna kanten där de vilda blommorna bildade en vacker matta.

Koloniområdet låg tomt och öde. Inne från scoutstugan hördes raspande av stolar när festkommittén återställde lokalen efter mötet.

Berta och Gunnar låg tysta på rygg i sängen. Bara en smal strimma från gatlampan utanför smög sig in genom persiennen.

– Det var väl onödigt att lova skänka hemgjord marmelad och virkade grytlappar till lotteriet, sa Gunnar trött.

– Asch, Hjördis ska skänka ett handsytt förkläde och en burk mandelskorpor.

– Ni två behöver väl inte finansiera hela festen.

– Det är väl trevligt att man kan hjälpa till. Erna ska skänka en kartong choklad från deras affär.

Nu kom det där med Holger över Gunnar igen. "Ombyte förnöjer", hade han sagt. Ur den truten kommer bara elakheter. Men om han så mycket som andades något om deras samtal på Blomstertorget till någon, skulle han gräva upp hela hans trädgårdsland, morötter och hela skiten, så sant som jag heter Gunnar Andersson, tänkte han.

– Vad stönar du för? Du mår väl bra, Gunnar? undrade Berta.

– Jag tänker på allt elände i världen, ljög Gunnar. Jordbävningar och fanskap.

Plötsligt for Gunnar upp ur sängen och ställde sig rakt upp på den ljusgröna ryamattan nedanför sängen.

– Ja visste det! flämtade han.

– Vadå? Berta tände sänglampan och tittade på honom.

– Hör du inte brandbilen? Nu har dom där ligisterna tänt fyr på hela skiten.

– Är det våra kolonier du kallar för skit?

– Det är väl det enda som blir kvar efter deras härjningar.

– Kanske samma vandaler som var i Smedstorp och eldade upp vårt gamla utedass. Har du glömt det kanske? Berta släckte irriterat sänglampan, men hon såg skuggan av Gunnar stå kvar i mörkret.

– Det var grillkolen som inte svalnat riktigt innan jag satte in grillen på dasset, sa Gunnar lismande.

– Man sätter väl inte in en pyrande grill i ett gammalt murket trädass.

– Det var ett jädrans tjafsande om det där dasset. Det är tjugo år sedan. Kan man inte få sova ... eller?

– Då skulle jag rekommendera dig att lägga dig i sängen först.

Gunnar kröp skamset ner i sängen.

– God natt då, Berta, sa han försiktigt. Vi ses i morgon.

– God natt. Berta blev så irriterad när han jämt sa: "Vi ses i morgon", men just nu orkade hon inte med fler diskussioner.

Nere på parkeringsplatsen blåste ett ensamt chokladpapper runt i yster lek. Först när det fastnade i de taggiga buskarna i rabatten vid cykelskjulen upphörde leken.

I huset släcktes det ner i fönstren, ett efter ett, och snart lyste endast ett par små vaga fönsterbelysningar som vakande ögon på den stora husfasaden.

Kapitel 8

– Måste du ställa smöret och pålägget längst bort? Man når det inte, sa Hjördis utan att titta upp från tidningen.

– Vad vill du ha? Konrad puffade osten närmare henne.

– Jag vill att *allt* ska stå *mitt* på bordet.

Telefonen ringde och Konrad försvann in i rummet.

Köket var trivsamt, fast övermöblerat. Hjördis hade haft svårt att göra sig av med det stora matsalsmöblemanget när de flyttade till Simrishamn. Möblerna kom från hennes föräldrahem och bestod av ett stort, mörkt ekbord med åtta högryggade stolar med utsirade äpplemönster längst upp. Det fick bara plats sex stolar i köket och de andra två stod i sovrummet. Bordet var brett och det uppstod ofta diskussioner när Konrad inte ställde tillbaka tillbehören mitt på bordet.

Hjördis vickade på tårna. Hon tyckte det var skönt att kunna gå barfota på morgonen. I deras gamla hus var ett rysligt golvdrag och även under sommarmånaderna hade hon alltid burit sockar. Hon drog med handen genom håret. Hon var nypermanentad och hon gillade inte när det var nygjort. Hon tyckte att hon liknade en pudel och så blev det alltid för kort vid öronen. Hennes långa örsnibbar hade alltid varit ett komplex för henne. När Thomas var liten brukade han säga: "Varför har du så fladdriga öron, mor?" Och sedan drog han henne i örsnibbarna.

– Det var Gunnar, sa Konrad när han kom tillbaka ut i köket.

– Gunnar! Så tidigt. Vad ville han?

– Han undrade om vi ska till kolonin.

– Dom brukar väl aldrig ge sig iväg dit så tidigt?

– Han är orolig för det där motorcykelgänget.

– Det var värst vad han kör upp sig för det.

– Han hade hört brandkåren i går när han lagt sig, sa Konrad och la två bitar korv på smörgåsen. Han kände Hjördis blick men det var en stor brödskiva och han ville ha pålägg ända ut till kanterna, annars kändes det torrt.

– Du sa väl att vi ska till Thomas och Kerstin och hjälpa till i trädgården? Hjördis slog ihop tidningen och räckte den till Konrad.

– Klart jag gjorde. Står det något särskilt i blaskan i dag? undrade han och sträckte sig efter tidningen.

– Jag tycker det är mest annonser, men jag såg att Alf Johannesson fått "Dagens ros" för att han hjälpt en gammal dam som fallit.

Hjördis började plocka av bordet. Hon la omsorgsfullt plastfolie om pålägget innan hon satte in det i kylskåpet.

När matbordet blev tomt bredde Konrad ut tidningen och lutade sig framstupa över den med utbredda armar.

– Ska jag gå ner i källaren och hämta iläggsskivorna så

du får plats? Hjördis reste sig och försvann in i badrummet. När Konrad hörde att hon borstade tänderna reste han sig raskt, gick bort till kylskåpet, tog en skiva korv och stoppade i munnen.

– Ska du verkligen ge dig iväg så tidigt? undrade Berta. Jag hörde nyss på nyheterna att det var i ett båthus nere vid hamnen som det brunnit. Kolonierna står säkert kvar.

– Det vet man aldrig. Gunnar drog på sig en tjock tröja och hoppade i sina trätofflor.

– Det är inte bra att oroa sig för mycket. Det var rysligt vad du flängde runt i sängen i natt. Berta la kärleksfullt sin hand på Gunnars kind.

– Inte har jag fått någon skönhetssömn i alla fall. Gunnar nöp Berta skämtsamt i baken. Och det där med att oroa sig, kom då inte från rätt person. Du har skenat iväg med dina tankar i alla tider, både när det gäller barn och barnbarn. Jordens undergång hade varit flera gånger om ifall dina prognoser stämt.

I samma stund som Gunnar öppnade ytterdörren hade Berta tänkt säga "Akta dig nu, var försiktigt". Men hon behärskade sig och sa istället:

– Kanske du ska montera ett blåljus på cykeln nu när du ska ut på spaning.

När Gunnar försvunnit stod Berta kvar en stund vid ytterdörren och vred sina händer. Hon gick ut på balkongen och plockade bort vissna blad från penséerna. Hon såg hur Gunnar gick mot förrådet och hur han sedan ledde cykeln bort mot infarten till parkeringen. Han vill skipa ordning och reda i tillvaron, tänkte hon. Men i fallet med motorcykelgänget borde han hålla sig utanför.

Gunnar cyklade Storgatan ner till hamnen. Förbi Hotell Svea, småbåtshamnen och bort till Strandpaviljongen där bron leder över Tommarpsån till parkeringen och koloniområdet. Han sneglade försiktigt bort mot motorcyklisternas tältläger. Nog var de kvar alltid. Det hade han känt på sig. Hela jäkla sommaren skulle de nog få dras med det packet. Men lugnt och tyst var det där, och ingen syntes till. När han kom i gången upp mot kolonin såg han att någon fäst en lapp på grinden. Andningen ökade, han vinglade till och höll på att törna in i Karlssons ligusterhäck.

Berta tyckte om ensamheten. Den självvalda. Den man drabbades av ville hon vara utan. Hon skakade på termoskannan. Jo, en lite tår fanns det nog kvar. Hon tog fram sin virkkorg och ställde den ute på balkongen. Hon tog en kofta över axlarna och muggen med kaffe och satte sig på balkongen, trots den tidiga morgonen. Hon valde bland garnerna. Grönt och gult tyckte hon var fint. Ibland undrade hon hur många grytlappar hon virkat genom åren. Nu skulle hon börja på dem hon lovat skänka till lotteriet på festen. Lite stolt var hon allt över sina grytlappar. "Jämt och fint virkar du", brukade folk säga och nog var hon noggrann alltid. Mönster behövde hon inte längre. Hon kunde det utantill. Just som hon njöt av den första klunken kaffe såg hon Hjördis och

Konrad gå mot parkeringsplatsen. Innan de klev in i bilen vände sig Hjördis om och fick syn på Berta. De vinkade till varandra och Konrad tutade innan de for iväg. Plötsligt blev fågelsången starkare. Den friska morgonluften kändes som en smekning. Det enda som gjorde Berta bedrövad var att de inte lärt känna varandra redan under tiden de bodde i Smedstorp. Det var som hon missat en massa år av vänskap, men nu skulle de ta igen det.

Gunnar satt vid trädgårdsbordet och läste lappen som suttit på grinden. Han hade inte ställt cykeln vid baksidan som vanligt och inte låst upp stugan. Blicken fladdrade över pappret.

"En skrivelse har inkommit till styrelsen med en förfrågan om huruvida koloniägarna får ha studsmattor på sina koloni-lotter. Styrelsen har beslutat att förbjuda dessa studsmattor i området ..."

Gunnar himlade med ögonen. Förbud och förbud, tänkte han. Fast det är klart, intresserade av en sådan där studsgrej var de förstås inte. Han läste vidare. "Problemen med för höga häckar kommer att följas upp. Gräsklippning, spikning eller annat arbete som är störande får inte utföras från 1 juni till 31 augusti på vardagar måndag t.o.m. fredag före kl. 08.00 och efter kl. 21.00 samt lördagar före kl. 08.00 och efter kl. 15.00 och förbud på söndagar och helgdagar."

Gunnar reste sig häftig. Nu behövde han pinka också. Berta tyckte inte om när han gjorde det på deras tomt. Men hon hade inte sagt något om andras tomter. Han gick till baksidan av stugan. Olofsson var aldrig i sin koloni. Den var vanskött och de hade fått påpekanden flera gånger. Dessutom hade de en stor risig buske precis vid tomtgränsen intill Gunnar och Berta. Busken skuggade Bertas luktärtor. Hon har säkert inget emot om den dör, tänkte han. Gunnar knäppte upp gylfen och siktade strålen genom nätstaketet. Jädrans tur att det inte är elstängsel. Då hade jag förmodligen farit upp på taket.

Lättad satte han sig på nytt vid trädgårdsbordet och läste vidare och ruskade på huvudet flera gånger. Han stoppade ner pappret i fickan och låste upp dörren till stugan, tog ner en kikare från kroken bredvid nyckeln till hygienutrymmena, hängde kikaren runt halsen och gick mot grinden. Han tittade åt båda hållen innan han öppnade och sakta gick ner mot Tommarpsån. Jaha, tänkte han. Nu har packet vaknat. Tre kvinnor och fyra män rörde sig runt tälten. Gunnar tog upp kikaren och spanade mot platsen. Det låg papper, flaskor och filtar utslängda på gräset runt tältplatsen. Det verkade som de byggt en eldstad i sanden.

– Jaså, du är ute så här tidigt och spanar efter fruntimmer. Du är het på det du.

Gunnar hoppade till och kände sig ertappad. Han gav Holger en ilsken blick.

– Har du sett kvinnor med näbb och vingar? undrade Gunnar.

Holger satte ner skottkärran på gången och rättade till håret som fallit ner i pannan.

– Näbb och vingar? Han såg klentroget på Gunnar.

– Det är inte ofta man ser fjällripor, fortsatte Gunnar forcerat. Jag tycker om att studera fåglar.

– Vad trevlig. Då kanske du vill gå med i vår ornitologiska förening. Jag är ordförande där.

Gunnar drog in morgonluften så häftigt att han fick en hostattack.

– Vill du inte bli medlem kan du kanske komma och berätta om dina fynd och iakttagelser. Fjällripor finns normalt bara i karga arktiska och subarktiska områden.

Gunnar svarade inte men lyfte kikaren på nytt och tittade åt ett helt annat håll. Han behövde betänketid. Innan han hann komma på något att säga, hörde han hur Holger gnisslade iväg med skottkärran mot avfallsplatsen lite längre bort.

I dag är det bäst att hålla truten, tänkte Gunnar. Ju mer man rör i skiten desto mer luktar den. Var han fått fjällripa ifrån funderade han över medan han promenerade tillbaka till kolonin. Han tog fram verktyg och började hamra på förrådet. Så stannade han upp och tog hastigt fram lappen och läste på nytt. "Vardagar måndag t.o.m. fredag före kl. 08.00" Han tittade på klockan och fortsatte att hamra.

Gunnar hade ingen riktig arbetsglädje. Oron över att Holger kanske skulle sprida rykten om honom efter samtalet på Blomstertorget spände i honom som om någon slagit in en kil i kroppen. Det var inte lönt att tala om att det bara varit ett skämt. Även om Holger säkert förstått det, njöt han av att hålla Gunnar på halster och göra små insinuationer. Skulle Berta få veta om samtalet kunde han lika gärna hoppa i ån.

Det var inte trivsamt i kolonin när inte Berta var där. Han saknade hennes omsorger, pysslande och donande.

– Skynda dig att spika innan klockan blir för mycket, då träder restriktionerna i kraft, sa en glad röst.

Gunnar vände sig om och såg att Camilla kom promenerande.

– Snart får man väl bara vistas en timme om dagen i kolonin och det gäller att skynda sig att uträtta göromålen, skämtade Gunnar.

Riktigt grann är hon, tänkte han och utan att han egentligen bestämt sig för det fastnade hans blick på hennes yppiga barm.

– Du bygger till ser jag. Camilla gick bort till staketet.

– Äsch, det ska bara bli en redskapsbod så Berta ska slippa ha skyfflar och krattor inne i rummet.

– Berta har verkligen god hand med blommor, berömde Camilla och tittade runt i trädgården. Gunnar kände sig stolt. Är det en anemon som står vid husknuten, fortsatte hon och sträckte sig längre över staketet.

– Jag vet inte vad blommorna heter.

– Får jag titta närmare på den? Camilla väntade inte på svar utan stod plötsligt inne i kolonin hos Gunnar.

Camilla böjde sig ner över rabatten.

– Jo, det är en anemon, dom är vackra, konstaterade hon och reste sig upp.

Gunnar kände doften av hennes parfym och slöt ögonen.

– Du är aktiv i dag, Gunnar. Holgers röst lät road.

– Han är arbetsam … och trevlig, skrattade Camilla och klappade Gunnar på axeln.

– Låt inte mig störa. Holger blinkade menande mot Gunnar.

Att gå till tandläkaren var en njutning jämfört med detta. Där kunde man i alla fall få bedövning. Här kändes Holgers ord som sprutspetsar som träffade vitala ställen.

– Jag får väl fortsätta, sa Gunnar när han hämtat sig och Holger försvunnit bortåt gången med ett fånigt flin på läpparna.

– Jag tog en morgonpromenad och ska gå vidare ut till Tobisborg. Kanske jag kan få ett skott av anemonen av Berta vid tillfälle? sa Camilla och skyndade ut genom grinden.

Gunnar gick in och satte sig i fåtöljen. Han ville inte riskera att få se Holger en gång till denna morgon. Då kunde han inte ansvara för sina handlingar. Måtta in ett slag på Holgers breda flabb hade känts som en lisa för själen, men självklart något han borde avstå från. Men det där med att gräva upp trädgårdslandet hos honom kan vara ett alternativ, tänkte han. Holger liknade ett tryffelsvin när han låg på alla fyra i rabatterna. Kolonilotten var så pedantiskt skött att Gunnar gissade att han låg med pincett och monokel och bara väntade på att ogräset skulle sticka upp så han kunde rycka upp det. Han var också säker på att han kröp runt och vände vartenda grässtrå åt rätt håll när det varit blåsigt. Trots att han var så kaxig var han inställsam i vissa situationer. När de hade möte med koloniföreningen höll han med om allt. Ville ställa in sig hos ordföranden. Han fikade kanske efter ett uppdrag i styrelsen, gissade Gunnar.

– Sitter du inne i det fina vädret? undrade Berta när hon stack in huvudet i stugan.

Gunnar suckade men reste sig och gick ut och fortsatte.

– Konrad och Hjördis kommer till kolonin i kväll. Vi bestämde att vi ska grilla eftersom vädret är så fint. Vi hoppar över lunchen. Jag kokte ett par ägg och tog med några smörgåsar.

Det kändes bättre nu när Berta var här. Gunnar njöt av att höra henne smågnola medan hon pysslade med sina blommor. Grillningen i kväll såg han verkligen fram emot.

Det här bygget hade dragit ut på tiden, men 'Bättre en smula sent än en smula dåligt'. Plötsligt var det som om hans mor stod bredvid honom med sin bok. Tack för alla kloka ord mor, tänkte han ömt och sågade till en bräda.

Kapitel 9

Konrad och Hjördis kom åkande med bilen med allt de behövde till kvällens grillning. Berta hade föreslagit att de skulle grilla i deras koloni. Hon ville inte säga att det var lugnare eftersom gnistorna inte kunde sätta eld på cementplattorna deras grill stod på, utan erbjöd sig att förbereda och ordna det praktiska om Hjördis ville handla. Matkostnaderna delade de alltid lika.

Damerna dukade fram och herrarna planerade inför grillningen.

– Ska ni ha fotbad gäller det att ta lilla baljan, skrattade Gunnar plötsligt.

– Här finns väl inget vatten, förutom åvattnet i trädgårdskranen förstås. Men det ska man bara vattna med. Fotbad vill jag då rent inte ta i det. Hjördis gjorde en ful grimas.

– Ni har väl fått skrivelsen från koloniföreningen? Gunnar sprutade på rikligt med tändvätska medan han talade.

– Jag har inte läst den ännu. Stod det något särskilt? undrade Konrad.

– En massa förbud som vanligt, suckade Gunnar. "Badpooler

begränsas till volym femtusen liter och skall placeras på normal marknivå."

– Det var det dummaste jag hört. Här finns ju inget badvatten. Menar dom att vi ska bära hinkar från havet? Konrad satte ifrån sig flaskan.

– Det fånigaste dom skrev var ändå: "Master och paraboler för radio och teve samt solcellsmontage får uppsättas max en meter över taknock."

– Vi har ju ingen elektricitet, skrattade Berta.

– Dom har väl knyckt riktlinjerna från någon annan förening, fnös Hjördis.

– Nu kommer dom flygande mössen igen. Gunnar schasade bort en flock gråsparvar som satt sig på trädgårdsbordet.

– Säg inte så, Gunnar. Jag tycker dom är söta.

– Söta, fnös Gunnar. Dom åt upp en halv mazarin för mig förra veckan – och skiter gör dom.

Det började lukta gott från grillen. Den marinerade flintasteken började få färg och bordet var färdigdukat.

– Det var god potatissallad du köpt, berömde Berta när de lagt upp mat på tallrikarna.

– Jag köpte den på Brunnshallen. I delikatessen, svarade Hjördis stolt.

– Fattar inte varför man ska konstra till allt. Vad är det för fel på vanliga potatisar? Jag tycker dom är godare – och det där grönfodret ... Nej, man behöver inte joxa, det enklaste är det godaste, sa Konrad med eftertryck.

– Ni förstår er inte på finesser, sa Berta och stoppade en bit kött i munnen. Köttet har ni lyckats bra med. Precis lagom.

– Får man grilla efter klockan arton? skämtade Gunnar.

Efter en stunds tystnad hörde de motorcykelgänget starta motorcyklarna och vråla iväg.

– Tänk, jag har alltid önskat att få åka motorcykel, sa Berta oväntat och de andra tittade förvånat på henne.

– Jo, det skulle väl se något ut, fnös Gunnar. Du som pratar om näradödenupplevelse bara jag kommer upp i sjuttio kilometer på motorvägen. Och besvär med öronen har du också. Du kan väl inte åka motorcykel?

Det var precis som om Gunnar var rädd att hon skulle få någon tokigt idé. Med Berta visste man aldrig. Som när Mikael fyllt femton och han köpt sin första moped och hon propsat på att få provköra. Ja, jisses. Den gången höll hon på att ramla av prästbetyget. Rakt in i vedstapeln så att framgaffeln ramlade av – och Berta också.

– Gå du och fråga om du kan få åka med en tur, sa Gunnar trumpet.

– Det skulle jag inte vara rädd för. Så fort någon har skinnkläder på, tycks alla människor tro att dom är farliga.

– Men dom där märkena på ryggen, sa Hjördis oroligt.

– Det är väl inte märkena som är farliga. Berta torkade sig om munnen.

Typisk, tänkte Berta ömt. Nu är Hjördis orolig för att ta ställning. Ibland önskade Berta att Hjördis slagit näven i bordet och framhärdat sina egna åsikter.

– Ta lite potatissallad till, Berta, sa Hjördis vänligt. Hon hade lagt upp potatissalladen i en vacker glasskål och satt i en elegant silversked.

När de skulle ha det lite festligt i kolonierna dög inte papperstallrikar och pappmuggar. Då var det riktigt porslin som gällde.

– Ska vi ta en promenad innan kaffet? undrade Konrad när de ätit. Inte utan att man känner sig däst efter maten.

– Gärna. Berta skyndade sig in efter koftan.

De gick ner till det ställe vid ån där Gunnar stått med kikaren tidigare på dagen.

– Tyst och lugnt är där, konstaterade Konrad när han tittade mot tältplatsen.

– Där är ju ingen hemma. Hjördis drog handen genom håret.

– "Ingen hemma!" Så säger man väl inte om man bor i tält?

– Vad säger man då? sa Hjördis förnärmat.

– Att det är tomt i tälten eller något sådant, säger man väl, svarade Konrad.

Hjördis fnös och drog Berta i koftärmen.

– Kom, vi går i Solrosgången. Jag måste titta på Svenssons vårkragar, dom är så vackra.

– Inte dit! ropade Gunnar förskräckt.

– Blommar dom redan? sa Berta glatt och följde efter Hjördis.

– Nej, nej. Gunnar försökte mota Berta.

– Vad är det med dig? Berta vred sig irriterat loss.

När Konrad följde damerna gav Gunnar upp och sällade sig motvilligt till sällskapet.

– Titta på Holger och Ernas trädgård! Så vackert, suckade Hjördis.

Till Gunnars stora lättnad verkade det öde och tomt i kolonin och parets cyklar var borta.

– Vilket vackert äppleträd. Får inte vi plats med ett sådant i vår koloni? Det skulle vara trevligt, sa Berta lyriskt.

– Inte om vi själva också ska få plats mellan alla dina krukor och pottor. Vi eller ett äppleträd. Det är bara att välja, småskrattade Gunnar.

– Titta vilken vacker postlåda. Hjördis drog med handen över den handmålade lådan med blommor i vackra färger och en svart katt.

I samma stund fick Gunnar en idé som var värd nobelpriset, om man nu kunde få pris för sina tankar förstås. Nu visste han hur han skulle kunna hämnas mot Holger.

– Vad går du och flinar åt, sa Berta roat.

– Holger och Ernas äppleträd. En inre frid fyllde Gunnar.

När de kom tillbaka efter promenaden följdes damerna åt en tur i de egna kolonierna för att se hur blomknopparna svällde för varje dag.

När fukten kröp in över området packade de ihop i sina korgar och låste. Konrad stuvade in allt i sin bil, medan Gunnar och Berta tog cyklarna. När de kom ut på Strandvägen mötte de motorcykelgänget. Berta vände sig leende om och tittade efter dem. Sedan plingade hon glatt på ringklockan, fast Gunnar reagerade inte. Hans planer på hämnd mot Holger pockade på all hans uppmärksamhet.

I Gunnar och Bertas koloni hade några fiskmåsar slagit sig ner på cementplattorna och kalasade på brödresterna som de flygande mössen lämnat efter sig.

Konrad och Hjördis stod och väntade vid parkeringsplatsen.

– Det gick nästan lika snabbt som med bil, konstaterade Konrad.

– Man har väl turbo, skämtade Gunnar och smällde med handen på cykelsadeln.

De tog hand om var sin packning och försvann upp till lägenheterna.

– Det var en trevlig kväll, sa Berta.

– Verkligen, svarade Gunnar med eftertryck.

Medan Berta packade upp och diskade gick Gunnar runt som en äggsjuk höna i lägenheten.

– Vad rantar du runt för? undrade Berta när hon kom in i rummet.

Han svarade inte utan satte sig i fåtöljen och slog på teven.

– Var det inte du som ville ha päron? undrade Berta. Ät dom då, innan dom ruttnar. Det var värst vad du är talför. Hon gav Gunnar en mörk blick.

Kunde hon inte gå och lägga sig, tänkte han. Klockan var nästan halv tio och då brukade Berta krypa till sängs. Visserligen läste hon en snutt eller löste korsord men hon brukade somna ganska snabbt och då tänkte Gunnar börja genomföra sin plan.

– Jag känner mig så pigg i kväll. Det gör jag nästan jämt när vi träffat Hjördis och Konrad. Tänk så fint hon hade lagt upp potatissalladen. Hör du inte att jag talar med dig? Berta tittade stint på Gunnar.

– Sa du något?

– Om "jag sa något"? Jag har sagt flera saker men du har

inte svarat. Jag sa att jag känner mig pigg.

Gunnar sjönk djupare ner i fåtöljen. Berta knep av ett visset blad på nejlikorna hon fått. Hon läste på kortet. "Från Gunnar Andersson". Hon fnissade och tittade på Gunnar. Tok, tänkte hon. Fast i kväll var det något som tryckte honom, det märktes tydligt. Berta satte sig i den andra fåtöljen. Det var en gammal repris på teven och båda tittade ointresserat. Plötsligt nickade Gunnar till.

– Gå och lägg dig! Du är som glyttar, som ska kämpa in i det sista för att hålla sig vakna.

– Ska inte du lägga dig? undrade Gunnar försiktigt.

– Där ser du. Du hör inte på vad jag säger. Jag sa nyss att jag känner mig pigg.

Gunnar stönade och slog över till en annan kanal i hopp om att kunna hålla sig vaken. Berta bläddrade i en tidning.

– Prinsessan Madeleine har träffat en ny karl.

– Kul för henne, svarade Gunnar ointresserat.

– Det var synd att det blev som det blev med han den andre. Han verkade trevlig.

– Hur gitter du engagera dig i vem som träffar vem? undrade Gunnar.

– Du kunde intressera dig lite mer för vad som händer i världen. Berta slog ihop tidningen.

– Är det en världshändelse att hon träffat en ny karl, det gör dom titt som tätt.

Berta tittade på klockan och reste sig och försvann in i badrummet.

– Ska inte du också lägga dig? Klockan är över tio, sa hon

när hon gick förbi honom in mot sovrummet.

Gunnar visste att hon skulle hålla på att kalla på honom tills han kröp i säng och han bestämde sig för att lägga sig och vänta på att Berta skulle somna. Som vanligt läste hon först en snutt och började sedan med ett korsord.

– Det kommer en dag i morgon också, sa Gunnar.

– Det får vi väl hoppas. Berta löste febrilt vidare. Ger nya krafter, tre bokstäver med O i mitten.

– Sömn, gäspade Gunnar.

– Där är fyra bokstäver och inget O.

– Ska du ha tänt hela natten? Nu lät Gunnar frustrerad.

Berta svarade inte men släckte sänglampan. Gunnar fick riktigt koncentrera sig för att inte somna. Berta vände och vred sig och han förstod att hon låg vaken. Det var ju självaste ... vad hon var seg just i kväll. Hon brukade ju slockna som en klubbad säl så fort hon släckt sänglampan. Det klampade av träskor i trappuppgången och Gunnar knep ihop ögonen. Han ville inte kommentera det, för då hade det följt en diskussion som dragit ut på tiden. Snart elva, konstaterade Gunnar, när han efter en stund kikade mot klockan. Han stack ut foten ur täcket. De här lägenheterna är kvalmiga, tänkte han i samma stund som han hörde en snarkning från Berta. Bäst att vänta en stund till, för säkerhets skull. Kvart över elva lyfte han försiktigt på täcket och smög upp. Berta vred sig oroligt och han stannade upp. När han stått rakt upp på den ljusgröna ryamattan en stund smög han in i rummet. Han stängde sängkammardörren försiktigt och gick ut i köket. Var hade Berta lagt alla pennor? Hon måste väl ha fler än den hon har i sovrummet? Han drog försiktigt ut flera kökslådor. Då såg han pennstället i köksfönstret. Nu var det bara papper också. Det visste han att hon hade ute i ett litet bord i hallen. Jodå, där låg blocket – och en hel drös pennor.

Han satte sig nöjd vid köksbordet. Inte var han van att skriva inte, tänkte han. Han plitade rad efter rad. Emellanåt liksom sträckte han sig bakåt och beundrade sitt verk.

– Vad i herrans namn håller du på med? Bertas röst var full av förvåning.

Gunnar vek snabbt ihop pappret och stoppade ner det i pyjamasfickan.

– Kunde inte sova, förklarade han med en snett, generat leende.

– Och så gick du upp för att skriva. Herregud, du har väl inte hållit i en penna sedan du slutade skolan. Vad är det du skriver? Dikter? Nu lät Berta förvånad och irriterad på samma gång. Det har varit något med dig hela kvällen, fortsatte hon. Jag har märkt att du går och grunnar på något. Se så, fram med det nu.

– Kan man inte få sitta och skriva i sitt eget kök? Gunnar höll hårt om lappen i pyjamasfickan.

– När du har *skrivit* färdigt kanske du kan gå och lägga dig så vi får lugn och ro.

– Jag tror inte att jag ska skriva mer i kväll.

– I kväll, fnös Berta och fladdrade iväg med sitt långa nattlinne.

Gunnar kunde inte sova. Lappen hade han kvar i pyjamasfickan. Han visste att Berta skulle snoka tills hon hittade den. När han tänkte på vad han skrivit på lappen, kände han sig nöjd och efter ytterligare en stund somnade han med ett leende på läpparna.

Kapitel 10

– Hörde du, Hjördis? sa Konrad när han kom ut i köket på morgonen.

– Vadå?

– Dom sa på radion att det varit vandaler i koloniområdet i natt.

– Vad säger du! Bara det inte hänt något i våra kolonier. Hjördis tappade kniven i golvet.

– Jag ringer Gunnar. Hoppas det inte är det där motorcykelgänget och Gunnar tagit lagen i egna händer.

– Jag tror inte att han är så modig när det väl gäller.

En halvtimme senare satt alla fyra i Gunnars bil. Han andades häftigt och tittade i backspegeln.

– Flytta huvudet så jag kan se, Berta.

Det gnisslade i växellådan när han la in växeln. Efter en omständlig manöver lämnade de parkeringsplatsen.

– Vad var det jag sa? muttrade Gunnar. Vi skulle ha suttit vakt.

– Äsch, du pratar smörja. Berta försökte krafsa bort en fläck på sin kjol.

– Dom måtte väl inte ha skadat något i våra kolonier. Hjördis tittade hjälplöst på Berta.

Gunnar observerade inte att en fotgängare börjat gå ut på ett övergångsställe och han tvärbromsade.

– Se hur du kör, Gunnar. Berta rättade till säkerhetsbältet som ändrat sig när hon kastades framåt vid inbromsningen.

– Dom är borta, fräste Gunnar när han parkerade bilen. Vilka fega kräk.

– Vilka? undrade Berta.

– Ser du inte att gänget givit sig iväg. Fast dom ska inte slippa undan. Jag kommer ihåg numret på en av motorcyklarna.

– Hur vet du att det är dom, sa Berta trött.

– Vem skulle det annars vara?

– Här bor nästan sjutusen personer i stan, plus turister, la hon till med skärpa. Det kan vara vem som helst.

– Lugna er nu, sa Konrad när han klev ur bilen.

I koloniområdet rådde livlig aktivitet. Det stod klungor av kolonister och pratade högljutt med varandra. När paren konstaterat att inget hänt i deras kolonier drog de sig bort till en folksamling.

– Inte ett ljud om motorcyklisterna. Hör du det Gunnar! Berta spände ögonen i honom.

Karl-Åke Asp stod och gestikulerade. Han såg ut som en dirigent när han viftade mot klungan av människor. Eva från festkommittén såg lika skärrad ut som på mötet när hon skulle berätta om kostnaden för vårfesten.

– Det är Hultmarks på Tagetesgången som fått sin stuga vandaliserad, sa Karl-Åke allvarligt.

Britt Hultmark stod och grät en bit bort och Berta gick bort och strök henne vänligt över armen.

– Det är ju förskräckligt, sa Berta. Vad har dom förstört?

– Slagit in tre fönsterrutor och hällt ut målarfärg på golvet ... Hennes snyftningar gjorde att Berta inte hörde slutet. Men det hon hört räckte, mer än väl.

– Vet någon vem som gjort det? undrade Gunnar, och Berta spände blicken i honom.

– Inga spår förutom själva vandaliseringen. Polisen var här tidigt i morse och upprättade en anmälan. Det finns inga vittnen.

– Men dom som bor permanent i husen där borta, Asp pekade. Dom hade hört mopedister köra i området i natt.

– Det var inga motorcyklar dom hörde? flikade Gunnar in och Berta puffade till honom i sidan.

– Vi ska inte spekulera, sa Asp. Men vi kan väl vara observanta och anmäla varje iakttagelse som verkar märklig.

Holger stod stel och blek en bit bort och Gunnar undvek att titta åt hans håll.

– På fredag tänker festkommittén ordna inför vårfesten på lördag. Vi är tacksamma om dom som ska skänka priser till lotterierna lämnar in dom då. Vi tänker sätta upp ett fint prisbord. Vi behöver också blommor till borden. Stolar och bord ska svabbas riktigt rena och jag har ett par frivilliga som ska hjälpa till med att bygga upp scenen till Rolf-Görans orkester. Alla frivilliga krafter är välkomna.

Efter ytterligare samtal skingrades skaran. Gunnar drog sig snabbt ner mot den egna kolonin.

– Det är förskräckligt med Hultmarks, sa Hjördis när de hunnit i kapp honom.

– Det kunde lika väl varit våra. Berta satte sig tungt i hammocken så det rasslade i metallstavarna.

– Undrar om jag glömde stänga av kaffekokaren? sa Hjördis. Det blev så hastigt när vi gav oss av.

– Här är väl inte mer vi kan göra just nu, konstaterade Gunnar. Ska du hjälpa till på fredag, Konrad?

– Jag får väl ta ett tag jag också. Annars blir det väl ingen tårtbit till kaffet. Visst var det tre damer från det östra koloniområdet som lovat att göra tårtor till kaffet?

– Jag är nästan klar med grytlapparna, sa Berta stolt, och marmeladen den har jag sedan tidigare. Den är från i fjor, men lika god, tillade hon.

– Förklädet är klart, men mandelskorporna bakar jag först på fredag. Nej, Konrad nu får vi åka hem och kolla kaffekokaren.

– Det har vi gjort massor av gånger, men hittills har den aldrig varit tillslagen.

Lite dystra var alla fyra när de lämnade koloniområdet. Den där vandaliseringen hade upprört dem alla.

Berta satt på balkongen och virkade det sista på grytlapparna. Hon tänkte på Gunnar och lappen han skrivit. Det var märkligt, det tyckte hon. Men hon ville inte verka förveten och han hade inte själv nämnt något. De hade aldrig haft några hemligheter för varandra och hade det inte varit något särskilt hade han väl visat lappen. Skulle hon prata med

Hjördis om det? Fast det är klart, det var ju inget att prata om, hon visste ingenting. Att sitta och skriva i sitt eget kök var inte förbjudet.

– Ska jag sätta på en kopp kaffe? undrade Gunnar.

– Ja tack. Jag visste väl att det var något, tänkte hon.

– Jag läste i en broschyr att det ska bli guidade visningar i koloniområdet i sommar, sa Gunnar när han kom ut på balkongen med kaffet. Där stod också att en del av kolonierna anlades 1916 i samband med första världskriget för att man skulle få egna grönsaker.

– Det var ju värst, sa Berta syrligt. Du både läser och skriver. När hon såg Gunnars olyckliga ögon ångrade hon sig.

Lika bra att gå och lägga sig en stund, tänkte Gunnar när han druckit upp kaffet. Lappen hade han stoppat i innerfickan på sin finkostym och där kände han att den låg säkert. Säkert som amen i kyrkan. Han knycklade ihop sin kudde och drog pläden över sig. Berta hade varken gnolat eller små-sjungit på hela dagen. Jädrans Holger, hann han tänka innan sömnen fick hans spända kropp att slappna av.

När Berta en stund senare kom in från balkongen såg hon förundrad på Gunnar som låg och sov i sängen.

– Vad är det med dig, Gunnar? sa hon tyst och satte sig på sängkanten. Du verkar så orolig och allvarlig. Hon satt stilla och såg på honom. Precis så här hade hon suttit för några år sedan hos honom på sjukhussängen. Hon kunde när som helst förnimma känslan av panik när hon sett honom ligga där i ett virrvarr av slangar och kanyler. Då hade hon hunnit tänka mycket. Hur tomt och eländigt allt skulle bli om hon miste honom. Bara tanken gav henne fortfarande rysningar. Det hade tagit tid innan han fått diagnosen borrelia och de kunnat sätta in behandling. En jäkla liten fästing hade så när ödelagt deras liv. Berta torkade tårarna mot klänningsärmen. Hon var så tacksam över varje minut hon fick tillsammans med Gunnar, även om hon ibland kunde bli lite irriterad. Han ställde omedvetet till det för sig, titt som tätt. Så log hon. Skit samma om du gjort något som gör dig orolig. Vi har varandra och det är det som är det viktigaste.

Berta böjde sig fram och lyfte upp pläden över Gunnars axlar. I samma stund gnydde Gunnar till och satte sig som en sprättbåge upp i sängen med ögon som glödde av skräck.

– VAD ÄR DET?

– Herregud människa, jag lyfte bara pläden över dina axlar.

– VARFÖR DÅ? Skräcken lyste fortfarande ur hans ögon.

– För att den glidit ner. Du verkar snart färdig för dårhuset, som du beter dig. Berta tittade på Gunnars stela kropp. Ja, han såg nästan ut som han fått ett epileptiskt anfall. Berta reste sig och gick ut ur rummet.

– Det var ju rart av dig, Berta, försökte Gunnar släta över i vänlig ton.

– Det måtte väl inte vara borrelian som blommat upp igen, eller någon ny fästing som flugit in i skallen på honom, suckade Berta.

Gunnar slängde pläden på golvet men låg kvar, blek och stel.

Kapitel 11

Dagen efter trampade herrarna iväg till kolonin på sina cyklar och Hjördis stod på balkongen och såg efter dem. I normala fall hade hon gått ner och pratat en stund med Berta eller bjudit upp henne på kaffe. Men det var något som tog emot efter det som Signe sagt. Kanske hade Berta själv fått reda på ryktet och var ledsen. Sådant klarade inte Hjördis av. I går kväll när hon lagt sig fick hon för sig att Berta sett vemodig och ledsen ut de senaste dagarna, men det kunde förstås vara som hon inbillade sig. Riktigt usel kände sig Hjördis. Vad var hon för vän som inte kunde ställa upp för sin väninna i svåra stunder? Hela tiden slog hon ifrån sig det som Signe sagt. Det var så osannolikt att Gunnar skulle ... En charmör var han förstås, och såg trevlig ut med sitt mörka, vågiga hår, så nog kunde han få fruntimmer om han ville. Bara det i så fall inte var någon från koloniområdet. Då kunde det bli en riktig soppa av det hela. Plötsligt dök bilden av Camilla upp. Nej, nu fick inte fantasin skena iväg. Hjördis öppnade garderobsdörren. Vad skulle hon ha på sig på vårfesten? Det berodde självklart på hur vädret blev. Hade hon inte varit så orolig för att tala med Berta hade hon kunnat ringa henne och diskutera. "Man får inte svära ens inuti sitt huvud, för då blir man svart invärtes", hade hennes mor ibland sagt. Men Hjördis struntade i hur svart hon blev. Nu sa hon svordomar tyst för sig själv. Det kändes inte bättre och ingen var ju hemma. Hon ställde sig framför hallspegeln.

– Satans skit, sa hon. Jäkla Signe och fan ta dig Gunnar, om det är sant.

Gunnar hamrade ivrigt på boden. Den var nästan färdig och han hade bestämt sig för att köpa en tårtbit till kaffet och bjuda Hjördis och Konrad den dag han hakade på dörren till boden. Vad skönt det ska bli för Berta att slippa sopa upp jord från golvet i stugan var eviga dag.

– Vill du ha en öl, Gunnar? Men mördarsniglarna får bli utan, ropade Konrad över staketet.

– Mördarsniglar, fnös Gunnar. Jag har inte sett en snigel i år. Han la ifrån sig hammaren och klev in till Konrad.

– Det blir bra med den där kantstenen du sätter runt rabatterna, berömde Gunnar.

– Den håller jorden på plats i alla fall.

Konrad satte två öl på bordet och de slog sig ner. Gunnar hängde sin vita bomullskeps över knoppen på stolsryggen.

– Tjenare. Här är det fest ser jag, skrattade Oskar, en kolonist på Pumpagången en bit bort.

– Snarare förfest, för på lördag smäller det. Konrad lyfte glaset som om han skålade med Oskar.

– Hörde ni att dom fått tag i snorvalparna? informerade

Oskar och avvaktade reaktionen.

– Vilka snorvalpar? undrade Konrad.

– Dom som förstörde hos Hultmarks. Fyra pojkar här från stan. Inte fyllda femton ens.

– Har dom erkänt? Gunnar satte ner glaset.

– Dom blev så illa tvungna. En av deras kompisar, som inte ville vara med, tjallade.

– Det var som fan. Nu skulle Berta få vatten på kvarnen, tänkte Gunnar.

Efter avbrottet med ölen jobbade de vidare. Gunnar blev upprymd när han tänkte på lappen hemma i finkostymen. Men han hade bestämt sig för att avvakta ytterligare utspel från Holger innan han slog till. Han ville ha tillräckligt med underlag för att det skulle kännas befogat att sätta sin grymma plan i verket.

Hjördis satt vid köksbordet och putsade silver när det ringde på dörren. Hon förstod att det var Berta, någon annan ringde sällan på deras dörr.

– Kom in, Berta. Vad trevligt. Hjördis såg oroligt och forskande på Berta.

– Stör jag?

– Inte alls. Jag tänkte just på dig.

– Gjorde du? Berta såg glad ut.

– Jag tänkte ringa dig och fråga om du bestämt vad du ska ha på dig på festen.

– Inte har jag sådan där garderob som man kan cykla in i precis. Valk in klosett, eller vad dom heter. Dom man ser på teve. Fast något ska jag väl hitta. Jag trivs bäst i långbyxor, kvällarna är kyliga.

Hjördis studerade Berta ingående men hon tyckte att hon såg ut som vanligt.

– När man dansar är det förstås vackrare med klänning. Om man får dansa förstås, suckade Berta.

– Klart du får.

Berta såg fundersamt på Hjördis.

– Du ser nervös ut. Är det något särskilt?

– Nej då, ljög Hjördis utan övertygelse. Putsar du silver ofta Berta? fortsatte hon som för att byta ämne och började frenetiskt putsa på en gaffel.

– Det blir bara när vi ska ha kalas och det är inte så ofta nuförtiden. Är det Vasamodellen den heter? Berta lyfte upp en sked.

– Jo, det är det. Men jag tycker den modellen är trist, alla har den.

– Hoppas att gubbarna gör mer än dricker öl i kolonin, skrattade Berta. Jag trår efter att få boden klar.

Hjördis försvann in i rummet och kom tillbaka med en ask choklad som hon räckte Berta.

– Choklad. Jo, jag tackar jag. Det kan jag då rakt inte tacka nej till. Berta valde länge innan hon tog en bit. Är det säkert att det inte hänt något? Berta tittade ingående på Hjördis.

Hjördis svarade inte utan putsade vidare.

– Gunnar bar sig besynnerligt åt härom natten, sa Berta och blev allvarlig.

Hjördis tittade sig omkring som om hon sökte en reträttväg.

– Hur då? undrade hon utan att våga se Berta i ögonen.

– När jag vaknade, fanns han inte i sin säng.

Hjördis stötte till flaskan med putsmedel så den for i golvet.

– Jag gick upp och då satt han i köket, fortsatte Berta lågmält.

– Det är väl inget konstigt. Hjördis såg lättad ut.

– Han skrev!

– Skrev han? Mitt i natten. Hjördis såg häpen ut och sträckte sig efter ytterligare en gaffel.

– När han såg att jag kom blev han förskräckt och stoppade ner lappen i pyjamasfickan.

– Frågade du inte vad han skrev?

– Han verkade hemlighetsfull och gick direkt in och kröp till sängs.

– Lite märkligt, det kan jag hålla med dig om, men det har säkert en naturlig förklaring, det finns det alltid.

– Vi tittar på stenarna vi plockade, sa Hjördis och försökte tränga undan deras samtal. Hon började plocka undan. Hämta dina stenar, Berta, och färgen vi köpte.

En halvtimme senare satt de båda på nytt vid köksbordet.

– Det var rysligt granna stenar, Hjördis.

– Tänk att havet kan slipa dom så släta och fina.

– Det är mycket man inte förstår. Naturen är märklig, sa Berta lyriskt.

Hjördis rättade till tidningarna som hon brett ut över köksbordet. Hon tog försiktigt med penseln och började måla ett löv på en av stenarna.

– Så fint kan inte jag måla, berömde Berta och tog lite färg på penseln.

– Har du inte saknat det där med att arbeta och tjäna pengar? sa Hjördis plötslig och Berta la ifrån sig penseln.

– Vi har ju vår pension. Det är väl lön för att vi varit hemma och tagit hand om barnen i alla år.

– Jag menar inte så. Ett riktigt arbete som man går till varje dag, försökte Hjördis förklara.

– Jag har aldrig tänkt så. För mig har det känts riktigt att vara hemma. Fast klart, det skulle förstås vara trevligt att kunna unna sig lite mer. Men vi har vad vi behöver.

När solen började dala och försvann i ett rött töcken låg flera broscher färdigmålade på bordet.

– Är kvällshimlen röd, blir det blåsigt dagen efter. Hjördis såg ut över den vackra solnedgången.

– Fast klart, hade man tjänat egna pengar kunde man göra något lite extra. Det var som om Berta hade funderat över det som Hjördis sagt.

– Det är väl aldrig försent? Hjördis tittade på stenarna, sedan på Berta innan hennes blick på nytt sökte sig ut genom fönstret.

Efter en stunds tystnad möttes deras blickar. Det var som om något väckts inom dem, en idé som ingen av dem vågade uttala.

– Det är en fin kväll, sa Berta när de en stund senare satt tillsammans på bänken utanför huset.

– Dagen har också varit fin. Det var trevligt med broscherna, Berta.

– Jag har alltid önskat att få göra något med händerna, att skapa. Jag börjar nästan bli trött på att jämt virka grytlappar. Berta viftade med händerna.

Ute från Simrisvägen hördes trafiken avlägset. En humla surrade och borrade in sig i en blomma som sträckte sig upp längs den tegelklädda fasaden på huset. Vingarna vibrerade lätt och ett intensivt surrande hördes.

De satt länge tysta och tankarna som väckts inom dem vid köksbordet snirklade runt som serpentiner i deras hjärnor.

Så fort Berta gått hem, kände Hjördis hur tårarna började komma. Satt Gunnar och skrev kärleksbrev mitt i natten, eller små hemliga lappar som han skulle ge till någon i smyg? Hon kände en oro över det som Berta berättat. Hjördis bestämde sig för att berätta för Konrad när han kom hem.

I hallen hos Gunnar och Berta hängde fem klänningar på garderobsdörren och på stolen låg en trave långbyxor.

– Det är på tiden att du lämnar iväg till klädinsamling. Det finns inte plats till en ny slips om jag vill köpa en. Gunnars blick svepte över kläderna.

– Ny slips! skrattade Berta. Du har inte köpt en slips själv under alla år som vi varit gifta. Men jag hängde fram din finkostym ifall vi ska vädra den innan festen. Inte en pinal ska till insamling. Jag väljer bara ut vad jag ska ha på mig på lördag.

– FINKOSTYM! Gunnar rusade fram och ryckte ner kostymen.

– Vad är det med dig i dag? Du behöver inte vara orolig. Jag ska inte lämna den till någon insamling.

– Inte kan jag komma i en mörk finkostym på en vårfest, sa Gunnar upprört. Han tryckte kostymen hårt intill sig.

Berta ruskade på huvudet och höll en klänning framför sig medan hon tittade sig i hallspegeln.

Gunnar höll fortfarande kostymen krampaktigt i famnen.

– Du ser löjlig ut där du står, suckade Berta. Hon gick bort och skulle ta kostymen ifrån honom.

– Släpp! Jag ska inte ha den på festen. Jag hänger in den själv. När Gunnar hängde in kostymen kände han diskret efter om lappen låg kvar. Den klär dig, Berta, fortsatte han inställsamt och nickade gillande mot hennes spegelbild.

Berta såg fortfarande förvånad ut. Något märkligt var det med honom, det var ett som var säkert.

– Nu är snart boden färdig, fortsatte Gunnar i samma insmickrande ton. Då ska jag bjuda på bakelse ... Konrad och Hjördis också.

– Jag var hos Hjördis i dag. Hon är sig inte riktigt lik. Nästan rädd på något sätt verkar hon.

Gunnar harklade sig lätt och Berta släppte klänningen i golvet och daskade honom i ryggen.

– Har du något i munnen, Gunnar? Bertas bruna ögon glödde.

Gunnar puffade långbyxorna i golvet och satte sig på stolen som om han satt och vaktade garderoben. Berta la en av klänningarna åt sidan och hängde sedan in de andra i garderoben. Hon såg förvånat på Gunnar innan hon försvann ut i köket.

– Vad är det nu då? Konrad såg undrande på Hjördis som satt och grät vid köksbordet när han kom hem.

– Det är Berta och Gunnar, snyftade hon.

– Berta och Gunnar? Vad är det med dom? Konrad suckade trött.

Hjördis berättade vad Signe sagt i affären och att Hjördis tyckte Berta verkade ledsen.

– Äsch, Signe. Det är inte många sanningar som sipprar ut genom hennes käft. Du borde skämmas, Hjördis.

– Varför skulle jag skämmas?

– För att du tror på sådant dravel. Skulle Gunnar ha någon annan? Det var det dummaste jag hört. Konrad reste sig häftigt, smällde in köksstolen till bordet och skulle lämna köket.

– Och så har han skrivit också.

– Skrivit? Vad har han skrivit?

– Det vet jag inte. Inte Berta heller för den delen och så berättade Hjördis om de nattliga skriverierna.

Visserligen hade Berta verkat glad när de målade stenarna men det hon sagt oroade Hjördis.

Innan de avslutade samtalet lovade Konrad att försöka luska med Gunnar efter festen. Kanske rent av berätta vad Signe sagt.

Hjördis studsade i fåtöljen när hon såg annonsen i tidningen som hon håglöst satt och bläddrade i. Hon tittade på klockan. Lite sent var det förstås, men hon stoppade ändå ner tidningen i sin tygväska och gick ner till Berta.

Berta gjorde stora ögon när hon fick se Hjördis.

– Har det hänt något, Hjördis? undrade hon oroligt.

– Jag vill bara visa dig en sak, förklarade Hjördis samtidigt som Gunnar kom ut i hallen.

Damerna gick ut i köket medan Gunnar stod och tittade på dem i köksdörren. Han hasplade ur sig några tomma fraser som om han väntade på att få veta vad Hjördis hade för ärende.

– Gå du in och fortsätt ditt tevetittande. Vi klarar oss, sa Berta utan att försöka visa sin iver inför Hjördis ärende. Berta konstaterade att Hjördis såg glad och förväntansfull ut. Gunnar luffade in och satte sig i rummet igen.

– Är du tokig, fnissade Berta när Hjördis visade henne annonsen i tidningen. Inte kan vi väl göra något sådant. Vad skulle Konrad och Gunnar säga? Vi får inte tala så högt. Gunnar har säkert fällt ut sina paraboler till öron, fortsatte Berta viskande.

– Dom behöver väl inget få veta. Inte ännu i alla fall. Dom har väl nog med sitt, skrattade Hjördis men tittade oroligt in mot rummet.

När Hjördis och Konrad lagt sig på kvällen och mörkret fallit över lägenheten lyste det svagt från gatlampan utanför köksfönstret. På bordet låg dagstidningen uppslagen. På ena sidan syntes att en annons var urklippt.

Kapitel 12

Lördagen kom med strålande väder. På de båda balkongerna hängde kläder till vädring. Ibland på lördagarna drack paren förmiddagskaffe tillsammans. Damerna försökte lösa melodikrysset. I dag var de samlade hos Berta och Gunnar. De satt i det ombonade köket med de blåblommiga köksgardinerna och den rosa fönsterbelysningen. Där fanns ett bastant furubord med fyra stolar, klädda med blårutigt tyg. Och så köksklockan förstås, som Gunnar gärna kastat ut för länge sedan eftersom han tyckte att den tickade som en tidsinställd bomb. På bordet stod en vas med blommor från kolonin. Berta hade dukat fram franskbrödbullar som hon bakat på morgonen, samt ost, marmelad och prickig korv. Hjördis hade tagit med dagstidningen och Berta hade deras egen framför sig. De hade vikt dem omsorgsfullt så bara delen med melodikryssen låg uppslagna. Reglerna var som vanligt. Herrarna fick inte prata medan frågorna lästes upp, men däremot under låtarna.

”Vem har komponerat Ödessymfonin? Efternamnet på nio bokstäver ska in på vågrätt nio”, förkunnade programledaren, Anders Eldeman.

– Vem kan det vara? undrade Berta. Man har ju hört namnet ...

– Calle Jularbo, sa Gunnar glatt.

– Tyst med dig! Det går inte att koncentrera sig. Berta la pannan i djupa veck.

– Jag undrar om det inte var han den där Beethoven, sa Hjördis. Jag tror att jag har läst det någonstans.

Berta skrev "Bethoven" på en lapp som hon hade bredvid tidningen.

– Där är bara åtta bokstäver, konstaterade hon. Det ska vara nio.

– Tyst, nu kommer nästa fråga. Ta en bulle till. Berta puffade till brödfatet.

"Engelsk rocklegend. En av låtarna heter *Stripped*."

– Strippor! Nu börjar det likna något, skrattade Konrad.

– Då börjar vi komma in på ert område, skrattade Hjördis. Berta kastade ifrån sig pennan.

– Jämt är det något med rock och pop som man inte förstår. Det saboterar hela krysset. Nej, jag struntar i det.

– Jag håller med dig. Jag blir också irriterad.

– Vad ska du ha för sprit med i kväll, Gunnar? undrade Konrad.

– Hemmasatt besk är självklart, och så något som jag kan blanda grogg på.

– Jag tycker det är fler begravningar än kalas man blir bjuden på nuförtiden, sa Berta oväntat och såg allvarlig ut.

– Så blir det när man börjar komma till åren.

– Fast, visst är det trist, suckade Berta.

– Livets gång kan vi inte styra, kanske bäst så, konstaterade Hjördis.

– Jag kan inte förstå varför man ska stå där framme vid kistan och niga. Det känns fånigt på något sätt, sa Berta försiktigt.

– Det är väl för att hedra den döda.

– Hedra! Varför gör man inte det när dom lever. Jag tänkte på när vi var på Magnhild Isakssons begravning. Då neg jag som en skolflicka där framme. Jag har aldrig nigit för henne medan hon levde. Berta bet ett stort nafs från bullen.

– Det har jag aldrig tänkt på, men det är väl sådant som man gör bara. Hjördis funderade över vad Berta sagt, det märktes. Hon hade slutat tugga på bullbiten hon stoppat i munnen.

– Ska du ha klackskor på dig i kväll? undrade Berta som tyckte det var nog med begravningsprat.

– Till en början i alla fall. Fast jag tar med ett par bekvämare om jag blir trött i fötterna. Kvist sa något på mötet om drag under galoscherna, fnissade Hjördis.

– Han sa att om Rolf-Görans skulle spela skulle det *inte* bli drag under galoscherna, rättade Berta.

– I vilket fall som helst ska jag ta med promenadskor. Vi ska gå både dit och hem.

– Vi kan väl ta taxi, föreslog Konrad och Hjördis såg förskräckt ut.

– Nej så minsann. Så länge som vi har friska ben promenerar vi. Jag i alla fall. Eller vad säger du, Berta?

– Klart vi promenerar, svarade hon och Hjördis såg belåten ut.

– Vill du provsmaka ett glas hemmasatt besk? undrade Gunnar. Han väntade inte på svar utan satte fram flaskan och två snapsglas på bordet.

– Snaps på förmiddagen. Det passar sig väl inte? sa Berta och flyttade undan tidningen och pennorna.

– "Passar sig inte", mig passar det perfekt, skrattade Konrad.

– Jag har inte tagit bort kvistarna ännu. Du får sila det mellan tänderna, sa Gunnar samtidigt som han slog upp i glasen.

– Tur att man har tänderna kvar. Konrad plockade upp lite snafs från glaset.

– Vi ska väl inte vara sämre, Hjördis. En liten likör? Det finns inga kvistar i den.

– Är du tokig, Berta! Hjördis fnissade förläget.

Berta slog upp var sitt glas aprikoslikör som de köpt på en resa till Tyskland. När hon satt sig ner igen höjde de glasen och skålade med varandra. Sedan sträckte sig Berta över bordet och stök Hjördis vänligt på handen.

– Likör på förmiddagen. Det har då aldrig hänt förr. Tur ingen ser oss, skrattade Hjördis.

– Holger brukar vara överallt, men han syns inte till här i alla fall, sa Gunnar och en mörk skugga föll över hans ögon.

– Skål, Berta. Hjördis höjde glaset på nytt och log.

– Ni börjar bli som folk, konstaterade Konrad belåtet. Skål Gunnar. Damerna också givetvis.

Inte silade de besken genom tänderna inte. De slök den rakt upp och ner och Berta tittade oroligt på dem.

– 'Där vettet går in, går spriten ut', sa Gunnar glatt, och alla skrattade.

Gunnar använde ofta citat och ordspråk, men han hade svårt att få till dem rätt och rörde ofta ihop dem. "Olika faller slumpens skördar", hade han sagt när de fått kolonistugan intill Hjördis och Konrad. Ibland blev Berta riktigt irriterad på honom när det blev tokigt. Som när Jespersson hade berättat att han gått i borgen för en kamrat och förlorat tiotusen kronor på kuppen. "Surt sa räven om rabarberna", hade Gunnar sagt och Berta kunde närhelst hon ville, se Jesperssons förvånade och lite vemodiga blick. Det hade varit som han inte fått ihop det i sin skalle, trots att han tyckte det lät bekant.

Festen skulle börja klockan arton och redan kvart över fem stod alla fyra ute på parkeringsplatsen.

– Gå nu inte så fort, Gunnar. Det är trevligt om vi kan ha sällskap.

Gunnar saktade in på stegen och kom jämsides med Konrad. Det klirrade av flaskor i männens tygkassar. Hjördis och Berta hade sina dansskor i plastpåsar som de lagt ner i vackert virkade kassar. Det var Berta som virkat dem, i glada färger av restgarner. De hade tagit med sig näsdukar, några tjugor till lotter och Hjördis hade en liten sminkväska med läppstift och en spegel i.

– Vi åt ingen lunch i dag, sa Konrad.

– Inte vi heller, sa Gunnar. Vi måste kunna göra rätt för dom tvåhundratjugofem kronorna som kalaset kostar.

Kvällsbrisen tog tag i Bertas tunna sommarklänning och den fladdrade kring hennes ben.

– En sådan klänning har jag alltid önskat mig, sa Hjördis

drömmande. Den är vacker, Berta. När det är så mycket vidd fladdrar den så fint. Det är nästan som när man var ung och på väg till examen. Ett år hade jag en klänning med klockad kjol. När jag snurrade runt stod den nästan rakt ut.

– Fast när man var liten blev man generad när klänningen blåste upp, men det blir man inte längre. Inte jag i alla fall. Jag bryr mig inte. I samma sekund kom en vindpust och lyfte upp Bertas klänning och de fnissade och puffade till varandra.

– Din klänning är också vacker, Hjördis. Den sitter så fint på dig och den där stora kragen klär dig. De såg varmt på varandra.

– Då tog våra herrar ändå på sig dom mörka kostymerna, sa Hjördis och knuffade skämtsamt till Berta.

– Stiliga är dom, konstaterade Berta. Dom ser ut som två riktiga begravningsentreprenörer där dom går. Vi kan vara lyckliga vi, Hjördis. Berta stack in sin arm under Hjördis.

De gick Yngve Östbergs väg ner och sedan genom Suckarnas gång, varefter de sneddade genom parken och kom ner till koloniområdet.

– Jag känner mig nervös, sa Hjördis när de närmade sig scoutstugan där festligheterna skulle äga rum.

– Det är väl inget att vara nervös över, tröstade Berta. Dom flesta känner vi. Jag tycker det ska bli trevligt.

– Det tycker jag med, skyndade sig Hjördis att säga.

– Titta! sa Berta glatt. Nu har motorcykelgänget kommit tillbaka. Tänk vilken tur dom har med vädret. Ibland önskar jag att jag var ung igen.

Hjördis tittade oroligt mot tältplatsen. Herrarna hade redan försvunnit in på scoutstugans område, orkestern hade börjat spela och musiken strömmade ut genom de öppna fönstren. Stämningen var god bland dem som samlats i små klungor på gårdsplanen.

– Jag tror det blir mer drag i öronen än under galoscherna, sa Konrad och hälsade ivrigt på alla de träffade.

– Ska vi gå in och markera platser? Jag vill inte sitta för nära orkestern, sa Berta och klev målmedvetet mot entrén.

Borden var vackert dukade. Konrad och Gunnar hade varit nere kvällen innan och hjälpt till med scenen. Damerna hade bara slunkit förbi och lämnat blommor till borden och priserna till lotteriet. Berta tog upp två Icapåsar från väskan och hängde dem över Gunnars och hennes stol. Hjördis hade bara en plastpåse, men hon vände två stolar och ställde dem med ryggstöden mot varandra och hängde påsen över båda.

– Det är till att ta för sig, ser jag, sa Holger ironiskt när han gick förbi.

Erna hälsade generat på dem.

– Jädrans luspudel, sa Berta. Tur att inte Gunnar hörde det. Då hade han säkert trätt Icapåsen över skallen på honom. De skrattade hjärtligt.

De tog sig en titt på lotterivinsterna som låg uppradade på ett bord längst fram vid orkestern. De pekade och nickade. Berta var riktigt nöjd med grytlapparna.

De gick ut till Gunnar och Konrad som stod kvar på gårdsplanen och pratade. Berta märkte att Gunnar var irriterad. Han brukade alltid stå med armarna längs med sidorna när han talade, men när han var upprörd gestikulerade han vilt.

– Jag som var så glad över att dom givit sig iväg, sa Rut och tittade ängsligt på Gert.

– Äsch, dom har inte gjort något …, sa Berta.

– Ännu! klämde Gunnar in.

– Kan inte polisen köra bort dom? undrade en liten försynt man.

– Jag tror det har något med allemansrätten att göra, sa Gert. Jag har för mig att man får tälta eller ställa upp husvagnar under ett dygn, men givetvis inte för nära bebyggelse.

– Vad är detta om inte bebyggelse? muttrade Gunnar och pekade bort mot koloniområdet.

– Mig har dom inte gjort något … och dom får gärna tälta där, sa Berta och lyfte över den virkade kassen till andra armen.

Erik Kvist kom bullrande in genom grinden. Högljudd som alltid och om möjligt mer rödbrusig i ansiktet än vanligt.

– Ska festen vara utomhus? skämtade han. Det har ingen sagt något om. Då skulle jag ha tagit långkallingarna på mig.

– Han har säkert druckit mer än aprikoslikör. Berta tittade på Hjördis och skrattade.

– Bara dom inte dricker för mycket sprit så det blir otrevligt, Hjördis tittade oroligt på Kvist.

– Äsch. Du vet hur det gick i fjor. Då somnade han efter maten.

Karl-Åke Asp kom ut på trappan och slog på en gonggong.

– Han kallar till första grötfrukost, mullrade Kvist och klev med stora steg mot trappan. Han bar två tunga plastpåsar som var så välfyllda att det inte klirrade när han svängde med dem. Karl-Åke blängde på Kvists påsar medan han istället nickade välkommen till alla de andra.

– Välkomna in, sa Asp. Lite regler och annat kommer jag att dra där inne.

– Regler och regler, sa Gunnar.

– Man får kanske inte dricka besk, skämtade Konrad och Gunnar såg förfärad ut och höll hårdare i kassen.

– Bara dom inte ska konstra till det med lekar och sådan skit.

Nu var det Konrads tur att se förfärad ut.

De församlade drog sig snabbt in i lokalen. De tre sista herrarna fimpade snabbt cigaretterna i urnan utanför entrén. Den svenska flaggan fladdrade i vinden. En katt smög försiktigt längs husväggen och hoppade till när någon därinne smällde igen ett fönster. En mördarsnigel satt ensam på ett blad och kalasade helt ovetande om att det där inne fanns öl nog att utrota hela snigelstammen.

Kapitel 13

– Titta! Camilla trodde nog att vi skulle sitta ute, hon har
långkalsonger på sig. Hjördis log och pekade. Camilla stod
vid scenen och talade med orkestern. Hon hade på sig svarta
tights som satt slickade mot kroppen. Upptill hade hon ett
mintgrönt linne och hon hade stuckit en röd ros bakom örat.

– I dom där byxorna blir det inte mycket fladder när hon
dansar, konstaterade Berta.

Hjördis och Berta lyfte bort plastpåsarna från stolarna.
Innan de gick in hade de kommit överens om att de skulle
sitta bredvid varandra. Männen skulle sitta mitt emot, så de
skulle kunna samtala med varandra trots den höga ljudnivån
från musiken.

Herrarna hade börjat plocka upp flaskor från kassarna och
ställt dem mitt på bordet. Damerna hade köpt en flaska vitt
vin som de skulle dela. Gert och Rut satt vid samma bord,
precis som kvällen då det var möte. Berta tyckte det var trev-
ligt, eftersom de var så lugna och trevliga. Lite stolt var hon
också över att de på nytt valt deras sällskap.

Karl-Åke Asp hoppade upp på scenen och greppade mik-
rofonen.

– Hallå, hallå, sa han för att testa ljudet. Det blev rundgång, pep och skorrade i anläggningen. Folk hoppade högt och höll för öronen.

En av orkestermedlemmarna skruvade på förstärkaren och Asp gjorde ett nytt försiktigare försök.

– Hjärtligt välkomna till årets vårfest. Vilket kalasväder vi fått. Festkommittén har dukat fram buffén och det ser verkligen läckert ut. Vi har satt ut rätterna så att det går att ta från två håll.

Konrad lutade sig över Gunnar och viskade.

– Det är som med fruntimmer, dom går också att ta från två håll.

Gunnar skrattade högt och Gert såg mot dem som om han missat något. Hjördis och Berta log vänt mot sina män, ovetande om vad Konrad viskat till Gunnar. Asp blängde mot bordet och herrarna blev allvarliga.

– Har någon glömt att ta med sig dryck finns det lättöl och mineralvatten att köpa för tio kronor flaskan, fortsatte Asp. Till dessert blir det äpplekaka med vaniljsås. Sedan, mina vänner, är det dags att svänga dom lurviga. Jag tycker att vi hälsar Rolf-Görans orkester välkomna med en applåd.

Församlingen applåderade och Erik Kvist busvisslade.

– För att det inte ska bli kaos börjar bordet längst bort att hämta mat och sedan följer det i ordningen som borden står. Kanske har jag glömt något, men i så fall kommer jag att informera om det senare. Är det någon som undrar över något? avslutade han.

– Går det att stänga fönstret? Det blir tvärdrag, sa Inga-Gun, en av de nya kolonisterna, och pekade på fönstret bakom sig.

– Medan vi äter går det bra, men sedan måste vi nog vädra ut ordentligt. Då kanske du kan flytta dig lite längre in, sa Asp vänligt.

Gunnar stack handen försiktigt i byxfickan och kände efter att lappen låg där. Han hade kontrollerat att den låg kvar medan Berta duschade.

Under tiden som det första bordet försåg sig av läckerheterna började festdeltagarna vid de andra borden att packa upp från väskor, korgar och påsar. Konrads och Gunnars flaskor stod redan på bordet. Damerna plockade upp sin vinflaska och ställde den mellan sig. Festkommittén hade dukat med servetter, glas och bestick, medan tallrikarna stod i höga travar på buffébordet.

– Jag har ingen att dela mitt vin med. Räcker inte ert får ni gärna ta av mitt, sa Rut vänligt.

– Hu nej. Mer än en halv flaska klarar vi inte, eller hur Hjördis? Hjördis nickade instämmande. Men tack för vänligheten, svarade Berta.

Rut är rar, tänkte Berta samtidigt som hon tittade sig nyfiket omkring för att se vad de andra hade dukat upp för dricka.

– Det var värst vilken tid det tar. Gunnar vred sig rastlös samtidigt som han tummade på spritflaskan.

– Vi kan väl ta en utan att den ska behöva trängas med någon mat, skämtade Konrad och slog upp.

Hjördis satte sitt glas bredvid Bertas och hällde upp vin. Hon sträckte på nacken för att kontrollera att det blivit lika mycket i glasen.

Herrarna skålade och svepte snapsarna. I samma stund klämde Rolf-Görans orkester i med en klämkäck låt för full volym.

– Det var en jädrans tur att jag hann få den i käften, annars hade jag hällt den utanför munnen. Det var ett fasligt liv dom kan föra. Gunnar torkade sig om munnen.

Eva och Berit från festkommittén bar ut tomma fat och fyllde på med nya.

– Det var rysligt granna kostymer dom har i orkestern. Berta lutade sig mot Hjördis för att hon skulle höra vad hon sa.

– Det ser nästan ut som overaller, sådana där hela, nerifrån och upp. Det måste vara svårt att ta på dom. Röda och granna är dom, konstaterade Hjördis.

– Det är någon slags väst dom har utanpå med fransar. Det måste bli rysligt varmt, sa Berta.

När det var dags för deras bord och de rest sig, smög Berta fram till Gunnar och försökte sticka ner handen i hans byxficka.

– Kan du ha min börs i fickan? undrade hon. Jag vill inte låta den ligga kvar i väskan.

Gunnar slog till hennes hand lite lätt, samtidigt som han häftigt vände sig om.

– Jag tar den i bröstfickan istället, sa han och ryckte åt sig börsen.

– Som du vill, men tappa den inte. Berta såg förvånad ut över Gunnars häftiga reaktion.

– Det ser gott ut, Hjördis, sa Berta när de kom fram till

buffébordet. Är det kalkonbröst, det där tror du? Hon pekade på ett fat med uppskurna skivor ljust kött.

– Oj pajer. Hjördis lät ivrig. Titta! dom har lagt makaroner i salladen. Så brukar Kerstin också göra.

– Det blir säkert matigt och gott. Berta rafsade ivrigt åt sig av läckerheterna. Just som hon tittade på Gunnar såg hon hur hennes börs föll ner i skålen med potatissallad.

– Vad var det jag sa? gruffade Berta.

Gunnar tog muttrande upp börsen och Eva kom till undsättning och torkade av den på en servett. Berta såg hur Gunnar generat stoppade ner börsen i fickan.

– Har alla fått mat? undrade Karl-Åke Asp från scenen. Festkommittén har skrivit en snapsvisa som jag tycker vi ska sjunga tillsammans. Visan ligger utlagd på borden. Som ni ser har vi tejpat ihop pappret för att ni inte skulle provsjunga innan. Asp skrattade högljutt. Tänk på att det går lika bra att skåla med mineralvatten, avslutade Asp som var en ivrande nykterhetskämpe. Melodin är "Hej tomtegubbar slå i glasen", även om den inte passar med årstiden. Han vände sig om till orkestern som för att hitta rätt ton.

Hej! kolonister häll i glasen
och strunt i ogräs och bladlöss.
Hej! kolonister häll i glasen
och låt oss glömma bekymmer.
De kommer sen, de kommer sen.
I kväll så sköljer vi ner dem.
SKÅL!

– Det var en trevlig visa, fnissade Hjördis och torkade sig om munnen med servetten.

– Vi tar den en gång till, föreslog Asp.

– Kan man inte få matro, undrade Gunnar och stoppade in en bit paj i munnen.

De åt och skålade under lång tystnad.

– 'Hellre magen spränga än maten slänga', sa Gunnar och skrapade ihop det sista på tallriken så det gnisslade i porslinet.

Alla vid bordet skrattade och Berta gav honom en uppmuntrande blick. Han är rar, tänkte hon. Trevlig och sällskaplig och denna gång verkade det rätt det han sa. Gunnar suckade tungt av både maten och uppskattningen han fått.

– Tycker du om sådana här svarta oliver? Berta puffade dem åt sidan.

– Nej, bevare mig väl. Vi var på kalas när Thomas var liten och då fick vi svarta oliver till ostbrickan. Då sa Thomas, "Mor, dom där svarta vindruvorna tycker jag är äckliga".

Sällskapet skrattade, men Gunnar suckade:

– Jag håller med honom. Dom ska konstra till allting. Snart vet man inte vad det är man får upp på tallriken. Gunnar pillade runt bland maten och fortsatte. Vad är det där för fyrkanter? Är det torsk som dom tärnat?

– Tok, skrattade Hjördis. Det är fetaost. Grekisk, tillade hon.

– Vad är det för fel på vår svenska ost? Nej, kokt potatis, brunsås och en riktig köttbit ska det vara. Gunnar sköt tallriken ifrån sig.

– Pajen var väl god? undrade Berta.

– Visst … Gunnar höjde glaset mot Konrad och nickade också vänligt mot Gert.

– Då får vi väl skåla med vinet damer. Rut höjde sitt glas och nickade mot Hjördis och Berta.

– Nu ska han banne mig upp på scenen igen, sa Konrad och tittade på Asp som intog scenen på nytt.

– Kan ni hjälpas åt vid borden att samla ihop tallrikarna och skicka ner dom till bordsändan? undrade han samtidigt som det klirrade från borden när alla hjälptes åt att trava ihop tallrikar. Ett par personer från festkommittén kom in med rostfria vagnar och började samla in mattallrikarna från borden.

– Ska vi diska också tror ni? skämtade Gert.

– Asch, svarade Rut. Diskar du inte hemma behöver du inte göra det när vi är på kalas.

– Glasen kan ni behålla, fortsatte Asp och torkade svetten ur pannan.

Gunnar langade iväg några tallrikar.

– Bäst att hjälpa till annars blir det ingen tårta.

Efter en god dessert gick de flesta ut för att lufta sig. Holger puffade till Gunnar när han gick förbi.

– Har du vallat skorna inför dansen? sa han förargligt och Gunnar knöt handen om lappen i fickan. I så fall är det tövalla som gäller för det är plusgrader, fortsatte Holger och torkade sig i pannan.

Rut hade ställt sig hos damerna och de diskuterade blommor,

grönsaksland och skadeinsekter. Det började bli högljutt vid motorcykellägret och Gunnar bet ihop tänderna, men han hade lovat Berta att hålla käft.

Signe stod borta vid häcken med några damer och munnen gick som en symaskinsnål upp och ner på henne, medan de andra damerna nyfiket följde vad hon sa. Emellanåt tittade de på Gunnar och såg förvånade ut. Hjördis fick lägga band på sig för att inte gå dit och blanda sig i. När hon tittade på Berta, kändes det som tårarna skulle komma. Där stod Berta, lycklig i sin fina sommarklänning. Om hon bara visste hur det låg till och vad de talade om.

Erik Kvist kom raglande ut. Han tog några höga, trevande steg och fick stötta sig mot flaggstången.

En stilla havsbris drog in över området och förde med sig doft av tång. Nerifrån parkeringsplatsen kom åtta skinnklädda motorcyklister. De pratade lågmält och skrattade samtidigt som de tittade sig intresserat omkring i omgivningen.

Kvist raglade fram till grinden just som gänget passerade.

– Jädrans fyllbultar, upphävde han med sin bullriga stämma och satte ögonen i dem samtidigt som han höll sig krampaktigt i grindstolpen för att inte falla omkull.

– Fyllbultar, skrattade den störste av männen som hade en ring i örat. Ska du säga. Här är det visst riktig fest. Är det nykterhetsorden som håller årsmöte? Han tittade på människorna runt scoutstugan där många börjat bli högljudda. Kan du göra nykterhetstestet? Mannen gjorde en piruett och blev sedan stadigt stående på ett ben en lång stund. Gör om det om du kan?

Kvist fnös, tog sats och gjorde något som skulle föreställa en piruett. Han hamnade pladask i en buske och församlingen skrattade samtidigt som Kvist försökte kravla sig upp.

– Passa på att ha en trevlig kväll – för i morgon lär du inte må lika bra, sa mannen förargligt till Kvist.

Motorcykelgänget lämnade platsen lugnt och stillsamt.

– Där ser ni, sa Berta till damerna. Riktigt trevliga är dom med skinnjackorna. Hon vände sig om för att titta efter Gunnar och blev glad när hon såg att han stod och pratade en bit bort och inte såg dem.

"Trevliga är dom med skinnjackorna", tänkte Hjördis. Ibland förstod hon sig inte på Berta.

Gunnar kom och ställde sig bredvid dem.

– Hon måste ha passerat bäst före datum för länge sedan, sa Konrad och pekade på en dam lite längre bort. Hon var utmanande klädd trots en hög ålder. Håret var grått med en toning åt lila.

– Vissa tycker fult är grannt. Det är inte snällt att tala illa om folk. Hjördis gav Konrad ett ilsket ögonkast.

– Jag talade inte illa. Jag sa bara att datumet var utgånget.

– Ja jäklar i det, skrattade Gunnar och slog sig på knäna.

Kapitel 14

När de kom in igen var det dags för kaffe. Flera bord hade redan tagit för sig av de hembakade tårtorna och stämningen var god.

Rolf-Görans gjorde en trumvirvel och började sedan spela en vals. De flesta herrarna reste sig upp och bjöd upp sina damer. Berta tittade uppfordrande på Gunnar eftersom hon lärt honom att alltid dansa första dansen med sin bordsdam. Även om de suttit mitt emot varandra ansåg hon att hon var hans bordsdam och att han borde bjuda upp henne. Han gick inte som många andra artigt fram och drog ut stolen. Nej, Gunnar var som vanligt redan uppe på dansgolvet och gjorde en huvudvink åt henne att komma. Han är som han är, tänkte Berta glatt.

– Det är trevligt i kväll, och maten var god, sa Berta.

– Vad sa du?

– Det är trevligt här, upprepade hon med högre röst.

– Det är Rolf-Görans, svarade Gunnar.

Berta fnissade. Han hade förmodligen trott att hon frågade vad orkestern hette. Hon smög in i hans famn och slöt ögonen. Det var tryggt och skönt med Gunnar, trots alla hans konstigheter. Gunnar omfamnade henne inte som vanligt i dansen utan sköt henne liksom försiktigt en bit ifrån sig. Han var orolig att lappen i fickan skulle prassla eller att Berta skulle märka den.

– Har du blivit folkskygg på gamla dar? skämtade Berta och tog ett nytt stadigt tag om honom.

I den stunden glömde Gunnar lappen och tog Berta i sin famn. Hon slöt ögonen och kände hur klänningen fladdrade när de svängde runt. Lite kände hon av vinet. Det var en avslappnande och skön känsla. Gunnars hand var så trygg och varm och hon önskade att dansen aldrig skulle ta slut. Så dansade Hjördis och Konrad förbi och damerna vinkade till varandra. Lätt som en älva är hon på foten, precis som förr, konstaterade Gunnar och slöt ögonen även han.

– Hur är det med ditt knä, Hjördis? undrade Berta när de satt sig igen.

– Äsch, lite känns det när jag dansar, men det är inte så farligt. Men jag känner mig yr.

– Det är varmt härinne och vin har vi druckit. Titta, där sitter hon som har påssjukan, fortsatte Berta häftigt och pekade på en parant dam vid ett bord en bit bort.

– Peka inte! Hjördis daskade till väninnans finger. Har Louise påssjuka ska hon väl inte vara på fest?

– Inte så, skrattade Berta. Dom säger att hon har påssjukan för att hon handlar så mycket kläder. Hon kan inte gå in i en beklädnadsaffär utan att ha en påse med sig ut.

– Påssjukan, upprepade Hjördis som om hon lättare skulle förstå. Hennes kinder flammade röda som blommorna på servetten. Den påssjukan smittar då inte mig. Jag har nog med att släpa hem Icapåsarna, suckade Hjördis och lät blicken än en gång falla på Louise.

När orkestern senare tog paus samlades många ute på gårdsplanen. Kvällen var frisk, men det var vindstilla.

– Det är helgerån, sa Konrad och pekade på flaggan. Den ska halas senast klockan nio, och nu är hon tio över.

– Det kunde han den där Holger gjort. Han brukar vara så inställsam och hjälpsam, sa Gunnar, och plötsligt dog hans leende.

– Det är kö till toaletterna, ska du följa med ner till parkeringen och pinka? undrade Konrad.

Gunnar svarade inte, men tog sikte mot parkeringsplatsen. Deras gång var lätt vinglig och de samtalade ivrigt med varandra.

När de kom ner till buskaget i hörnet ställde de sig bredvid varandra och uträttade lättade sina behov.

– En dag när Berta inte var i kolonin, pinkade jag genom staket in till Olofssons, skrattade Gunnar.

– Tok, skrockade Konrad. Tur för dig att inte Berta såg det.

– Eller Camilla, sa Gunnar medan han knäppte gylfen.

– Camilla?

– Hon var där inne en dag när Berta inte var där. Rysligt grant fruntimmer.

Konrad blev allvarlig. Låg det ändå någon sanning i vad Signe sagt till Hjördis? Skulle han fråga Gunnar rent ut. Han hade lovat Hjördis, men han hade inte tänkt göra det i kväll.

Men festen var ju snart slut och Gunnar hade själv gjort en antydan. Spriten gjorde det också lättare.

– Du hålls väl inte med andra fruntimmer? sa Konrad utan att se på Gunnar.

– Besök av granna damer tackar man väl inte nej till.

– Holger har visst sagt något om att du varit ute på friar-stråt.

I den sekunden blev det svart för Gunnars ögon. Hans andhämtning ökade.

– Jaså, han har sagt det, fräste Gunnar.

– Är det så då? Konrad var orolig för att höra sanningen.

Gunnar svarade inte utan försvann in i skymningen. Nu var det dags. Gunnar vek av och försvann in bland koloni-gångarna. Han vinglade till och höll på att snava i det tillta-gande mörkret. Gunnar stannade upp och andades in ett par gånger innan han vek in på Solrosgången. Det är synd om Erna, tänkte han, men han var tvungen att fullfölja sin plan. Han ville hämnas, så var det bara. När han kom till Holger och Ernas koloni stannade han upp och tittade sig omkring. Sedan drog han snabbt lappen ur byxfickan och stoppade ner den i deras brevlåda. Han var nära att plocka upp lappen igen, men sträckte på ryggen och gick raskt mot scoutstugan.

Han såg att en del börjat dra sig hemåt men orkestern spe-lade fortfarande.

– Var blev du av, Gunnar? undrade Berta oroligt. Konrad berättade att han blev av med dig nere vid parkeringsplatsen.

– Jag tog bara en liten runda bland kolonierna. Det var så kvalmigt där inne.

Konrad studerade Gunnar ingående. Han såg upprörd ut. Kanske hade Holger ljugit och det var det som Gunnar var upprörd över.

– Här blir inga barn gjorda, vi går in och sveper en grogg, försökte Gunnar skämta. Ingen skrattade.

Mörkret hade tätnat och vinden börjat ta i när paren promenerade hemåt. När de gick i parken förbi kyrkogården stannade Gunnar upp.

– Har ni hört den om dom två gubbarna som satt på en bänk på kyrkogården och pratade. När det började bli sent sa den ena gubben "det är kanske inte lönt att vi går hem".

Damerna fnittrade men Konrad hade skallen full av tankar som han försökte reda ut.

– Tur jag tog promenadskorna med mig, sa Hjördis. Det känns i fötterna. Så mycket har jag inte dansat på länge.

– Inte jag heller, svarade Berta. Till och med ordförande bjöd upp mig.

– Ulla-Britt blev verkligen glad över grytlapparna hon vann. Du är duktig på att virka.

– Inte för att man ska skryta, men dom var i alla fall bättre än dom jag vann, fnissade Berta och höll upp ett par sneda grytlappar i mörkret.

– Har orden tagit slut i kväll? Ni är så tysta, fortsatte Berta och vände sig om och tittade på herrarna. Och trött i benen är du väl, Gunnar. Eftersom du annars brukar ligga ett par kvarter före.

Simrishamn är en lugn, fin stad, konstaterad Hjördis när

de var nästan hemma utan att ha stött på en enda människa. Damerna höll varandra under armen, men deras leenden syntes inte i mörkret.

– Vill du ha den tomma vinflaskan, Hjördis? Jag vet förstås inte hur mycket pant man får för den.

– Tok. Hjördis skrattade, det var flera år sedan dom slutade med pant.

– Säger du det. Då kastar jag den i återvinningen.

När de klev in genom ytterdörren på Landstingsgatan kramade damerna om varandra.

Konrad hade tänkt säga till Gunnar att vi får talas vid mer om det där senare, men han hann hejda sig i sista sekund och tog bara god natt med en morsning. Konrad och Hjördis försökte gå tyst upp för trappan.

Gunnar fumlade en stund med nyckeln innan de klev in i hallen.

– Visst har det varit en fantastisk kväll, strålade Berta.

– Maten var god – tårtan också.

Berta försvann in i badrummet. När hon kom ut och gick mot sängkammaren, sa hon skämtsamt:

– Vi ska kanske låta det stå tänt i köket om du ska gå upp och skriva i natt.

Vinden hade börjat ta i rejält och ampeln med penséer på balkongen slog mot räcket.

I hallen hängde Bertas tunna sommarklänning på en galge som hon hakat fast på garderobsdörren. Bredvid hängde Gunnars mörka kostym. Fickorna var tomma så när som på två nitlotter från kvällens lotteri.

Kapitel 15

Följande dag öste regnet ner, och kaskader av vatten sprutade ut från stuprören på husen. På den asfalterade parkerings-platsen slog regnet så hårt mot beläggningen att det studsade uppåt igen och bildade en sockel av neråtgående och uppåt-gående regn. Det smällde till i fönstrets vädringslucka när blåsten tog i och Berta tassade upp och stängde den.

– Vilket oväder. Ingen risk att grundvattnet tar slut, sa hon ironiskt men med ett leende på läpparna.

– I dag blir det inget koloniväder. Jag som nästan är klar med boden, suckade Gunnar. Var det vitlök i den där maten vi fick i går?

– Det var det säkert. Det verkar som man har det i allting nuförtiden.

– Man får valuta för pengarna. Äter om det flera gånger. Det känns som maten går upp och ner hela tiden. Ena sekun-den märker man inget och i nästa stund är det som man har munnen full av mat.

– Du kan då formulera dig. Upp nu så jag kan bädda!

– Det finns ingen anledning att gå upp i dag. Gunnar såg sorgsen ut. Sådana här regniga dagar saknade han huset i

Smedstorp. Där fanns större plats och de hade vedbod och uthus där han kunde dona. I lägenheten fanns inget att göra och han kände sig rastlös. Det blev till att bläddra i gamla tidningar vid köksbordet, räkna blommorna på tapeten eller se på teve. På somrarna var det mest gamla repriser. Svartvita ibland dessutom, så han trodde att han hamnat i fel århundrade. Men Åsa-Nisse tyckte Gunnar om.

– Vad flinar du åt? undrade Berta nyfiket.

– Jag tänkte på Åsa-Nisse.

– Du är kulturellt intresserad du, Gunnar. Upp med dig nu! Berta ryckte av honom täcket.

– Vill du att jag ska få lunginflammation? suckade han och drog ner de långbenta pyjamasbyxorna som krupit upp till knäna.

– Jag sätter på kaffe. Är du inte uppe när jag kommer tillbaka får du bädda själv. Berta hade knappt hunnit säga meningen färdig förrän Gunnar stod upp på den ljusgröna ryamattan. Berta såg roat på honom och försvann ut i köket.

– Det var några förvridna och skeva grytlappar jag vann, fnissade hon och höll upp dem. Grytlapparna var sammanfästa med ett rosa sidenband som Berta knöt upp och kastade i slaskpåsen.

– Sa du något? hördes Gunnars morgontrötta röst från hallen.

– I dag är det visst inte lika livat som i går, sa Berta när hon såg Gunnars bleka ansikte och håret som stod på ända.

– Det finns väl inga regler som säger att det ska vara livat varje dag. Gunnar satte sig tungt på stolen.

– Ta bort armbågarna från bordet, Gunnar. Orkar du inte sitta upprätt får du gå och lägga dig igen, och bädda efteråt.

Gunnar tog snabbt ner armbågarna och tittade håglöst över köksbordet.

– Väntar du på att frukosten ska hoppa fram av sig själv? Berta satte fram koppar på bordet. Gunnar reste sig och gick bort till kylskåpet och ställde sedan fram pålägget.

– Hade du arbetat på restaurang hade det inte blivit mycket dricks med den hastigheten. Du verkar inte göra många knop i dag.

– 'Bråd sak ska utföras långsamt'. Förresten förväntar jag mig ingen dricks, men lite kaffe hade varit gott. Är det färdigt snart?

– Eftersom du inte är så van vid köksattiraljer kan jag upplysa dig om att vattnet som jag hällt i behållaren ska rinna genom det där röret och ner i kannan. Berta visade omständligt förloppet med pekfingret. Som du ser finns mer vatten i behållaren, men när det runnit ner i kannan är kaffet klart, Gunnar Andersson.

– Som om jag inte skulle ha kokat kaffe förut, sa Gunnar härsket.

– Visst har du det. En gång utan kaffebönor, och en gång då du skopade upp bönorna direkt i melittahållaren, *utan* påse. När Berta såg Gunnars olycklig uppenbarelse, tyckte hon synd om honom. Jag skojade bara. Visst har du kokat kaffe, men inte så ofta. Se, nu har det runnit igenom, sa Berta glatt och hällde upp i kopparna.

– I dag kommer änglarna att gråta hela dagen, sa Gunnar när han tittade ut på regnet.

– Snart kommer Kvällsposten, försökte Berta uppmuntra.

Det var Gunnars högtidsstund på helgerna. "Det är terapi", brukade han säga. Kände han sig krasslig eller tyckte att han hade bekymmer, räckte det med att han läste om allt elände i tidningen för att han skulle inse att han var lyckligt lottad.

Plötslig var det som om det regnade i köket. Gunnar kände det som om någon hällt en spann iskallt vatten över honom. I morse kände han på något sätt att han fått en tidsfrist eftersom han förstod att Holger och Erna inte skulle till kolonin i detta oväder. Han skulle hinna tänka över och kanske ta sig ner till kolonin och plocka upp lappen från brevlådan igen. Men när Berta nämnde Kvällsposten for en oro över honom. Tänk om Holger gått förbi kolonin i går på vägen hem från festen och sett lappen. Kanske skulle det stå något i Kvällsposten. Det började rycka våldsamt i hans vänstra ögonbryn. Fast det är klart, det var inte mycket att skriva om och Kvällsposten kom ju redan på morgonen så oavsett skulle det inte ha hunnit publiceras.

– Jag tror att jag ska passa på att baka kanelbullar i dag, sa Berta.

– Ni fruntimmer har det bra.

– Bra?

– Ni har att göra även om det regnar.

– Du får gärna baka om du vill, så kan jag titta på Åsa-Nisse eller något annat av kulturellt värde på teve.

– Det var värst vad du är stingslig i dag. Är det vinet du drack i går?

Bertas tankar återvände till festen. Hon brukade alltid dagen efter tänka igenom allt som hänt. Denna dag var det en välgärning att hon inte visste alla detaljer.

– Har stenbrottet i Simrislund flyttat in i lägenheten, skämtade Gunnar när han såg högen av stenar som Berta lagt ut på en frottéhandduk över matrumsbordet.

– Stenbrottet är nerlagt, din tok.

– Det ser ut som det håller på att återuppstå på Landstingsgatan.

Vänta du bara, tänkte Berta. Hon kände sig så upprymd och glad. Gunnar smög runt bordet där en del av de färdigmålade stenarna låg uppradade.

– Var kommer dom ifrån? sa han och pekade på en av stenarna.

– Från stranden så klart. Hjördis och jag har målat dom.

– Det var som attan. Riktigt granna är dom, Berta. Inte visste jag att du var så flink till att måla. Fast jag förstår förstås inte vad ni ska med så många till.

– Dom kommer kanske till användning så småningom, svarade hon klurigt samtidigt som hon kände sig glad över berömmet hon fått.

– Du är också flink, Gunnar. Boden blir fin. Plötsligt stod de båda och höll om varandra på den rödblommiga Wiltonmattan.

Uppe hos Konrad och Hjördis pågick ett allvarligt samtal. Konrad hade berättat vad Gunnar sagt på kvällen, att Camilla varit hos honom i kolonin en dag när Berta inte var där.

– Frågade du honom inte rent ut när ni var ensamma och du hade möjlighet? sa Hjördis anklagande.

– Jo, det gjorde jag, men vad hjälpte det. Han bara försvann bort i koloniområdet.

– Du kunde ha gått efter.

– Asch. Konrad tuggade ivrigt på den sista biten av ostsmörgåsen.

– Jag måste få klarhet, för Bertas skull, och för Gunnars också förstås om det nu inte ligger någon sanning i påståendet. Det värsta skulle vara om något händer så vi tappar kontakten med dom.

– Du ska då alltid dramatisera. Varför skulle vi göra det?

Hjördis svarade inte utan ryckte bara på axlarna. De hade avslutat frukosten, men allt stod kvar på bordet och de tittade båda håglöst ut mot regnet som fortsatte i oförminskad styrka.

Hjördis dansskor låg kvar i kassen som hängde på stolsryggen och den blommiga sommarklänningen hängde på garderobsdörren i hallen. Hjördis hade för vana att alltid vädra kläderna när hon varit på kalas eller fest. Nu fick klänningen hänga i hallen i väntan på uppehållsväder.

På eftermiddagen bestämde sig Berta för att ringa Mikael och bjuda dem på eftermiddagskaffe och nybakta kanelbullar. Men Mikael hade kört Louise till fotbollsträning och när de kom hem skulle Mona ha bilen.

– Inte drog vi iväg med Mikael på det där sättet när han var liten? sa Gunnar när de satte sig vid teven på kvällen. Dom har dragit iväg med tösen ända sedan hon var liten. Inte bara fotbollsträning utan också till kören och gymnastiken. Sedan släpar dom med ungen när dom själva ska på kalas och det tycker jag händer var och varannan dag.

– Det var lugnare förr det kan jag hålla med om, svarade Berta och växlade mellan de olika kanalerna. Tyst, nu kommer vädret.

– Jag går och lägger mig. Gunnar reste sig.

– Redan? Ser du, det blir sol och fint i morgon.

Gunnar drog ner persiennen i sovrummet. Sedan gick han till badrummet och tvättade sig noggrant. I morgon briserar bomben, tänkte han och tittade sig i badrumsspegeln. Ögonen såg plötsligt rädda ut. Han borstade lite försiktigt på framtänderna men lät sedan kranen rinna en stund så att Berta skulle tro att han borstade dem längre. "Tre minuter, minst", brukade hon säga. Gunnar tyckte det var onödigt att borsta så länge. Ett snabbt svep med borsten och sedan skölja ordentligt, det tyckte han var nog. Inte ville han slita upp emaljen. Han bet ihop tänderna och blottade hela tandraden i spegeln. Jämna och vita är de, konstaterade han nöjt. Ett par guldkronor längst in, men i övrigt var hela käften äkta.

Luften kändes varm och fuktig efter regnet och han drog ner täcket en bit. En sak hade Gunnar tänkt under dagen. Vad som än hände skulle han aldrig någonsin erkänna att det var han, aldrig någonsin ... Skulle någon fråga honom om han kände till något, skulle han ljuga. En lögn som var vit som det vitaste vitt. Allt bara för att hämnas den oförrätt han ansåg att han utsatts för genom Holgers lögner och spydigheter. Han var rädd om Berta. Bara tanken på vad Holger sagt som skulle kunna skada henne, gjorde honom förkrossad.

– Du var grann i din blommiga klänning på festen, Berta. Och du följde mig så lätt i dansen, ropade Gunnar in mot rummet.

– Det var rart sagt. Berta kom fram till dörren. Sol och varmt i morgon, då ger vi oss iväg tidigt till kolonin.

– Jag tror inte jag bryr mig om det i morgon, sa Gunnar och drog upp täcket igen.

– Varför säger du så? Det är väl klart att vi ska till kolonin. Boden vill du ju göra färdig, sa du. Berta tittade förvånat på honom.

– Vet inte om jag dansade för mycket i går. Det känns i knäna och handlederna, ljög Gunnar.

– Du dansade väl inte med handlederna? Jag tror snarare att det är alla snapsarna som du lyfte, som slitit på handlederna.

Nu såg Berta ledsen ut. Jädrans också, tänkte Gunnar. Jämt skulle han ställa till det. Fast när han tänkte efter var det kanske bättre att vara i händelsernas centrum. Han ville veta och framförallt ville han se.

– Jag följer med ändå, Berta. Det finns alltid att göra där. Jag behöver ju inte ta i.

Bertas leende var den bästa sömnmedicinen. När hon var nöjd och glad var det som om allt annat kändes oväsentligt. Ett stilla lugn fyllde honom.

Kapitel 16

När Berta hörde smällen i brevinkastet rusande hon ut i hallen.

– Väntar du kärleksbrev? Det var värst vad du verkar hialös. Gunnar vek ihop tidningen.

Berta rafsade snabbt ihop reklamblad och post. Sedan skyndade hon sig att stoppa ner ett kuvert i förklädesfickan. Hon försökte verka lugn när hon kom ut i köket igen.

– Nej, inga kärleksbrev i dag heller. Fast du kanske kan skriva ett till mig. Du som är så bra på att skriva.

– Vi är ju gifta. Då behöver man inte skriva några kärleksbrev.

– Det har du rätt i. Förresten skrev du inga kärleksbrev innan vi gifte oss heller.

Berta satt oroligt längst ut på stolkanten. Hon kramade brevet i fickan. Så skyndade hon sig in i rummet och stängde dörren.

Gunnar reste sig och kikade förvånat efter henne. När han såg att hon talade i telefonen fick han en bekymmersam rynka i pannan. Hade Berta hemligheter för honom? Nog hade hon verkat lite märklig de senaste dagarna och aldrig hade hon stängt dörren till rummet tidigare. Fast nyfiken skulle han inte visa sig. Han stramade upp sig och dunsade sedan tungt ner på köksstolen.

Berta sökte hans blick när hon kom ut i köket igen som om hon väntade sig att han skulle fråga henne vem hon ringt. Nästan lite snopen kände hon sig när han inte undrade.

– Jag går ner och sätter mig en stund på bänken, sa Berta och tog koftan på sig och försvann ut. Gunnar vankade av och an i lägenheten. Efter en stund föste han blomkrukorna åt sidan, öppnade fönstret och hängde sig över fönsterkarmen för att kunna titta ner på bänken. Hjördis, tänkte han. Var det henne Berta ringt? Plötsligt kände han sig lugnare. I samma stund såg han att Berta tog upp ett brev från fickan och de båda damerna diskuterade ivrigt. De såg förstås glada ut men något började ändå gnaga inom honom och han smällde igen köksfönstret så hårt att den lilla fönsterlampan gungade.

Bertas bomullsklänning fladdrade när de senare trampade ner genom stan. Det var friskt efter regnet och när de kom förbi småbåtshamnen sågs några båtägare stuva in förnödenheter i sina båtar.

Motorcykelgänget var borta igen och Berta tyckte det såg tomt och ödsligt ut på platsen. Det är som gikt, tänkte hon. Kommer och går. Hon noterade att det var uppstädat och snyggt på den provisoriska tältplatsen. Ingen kunde säga att de skräpat ner.

Gunnar låste upp grinden och de satte som vanligt sina

cyklar bakom stugan. Berta bar in cykelkorgen med termosen och de nybakta kanelbullarna. Gunnar tittade sig oroligt omkring.

– Titta, sa Berta förtvivlat. En gren på hortensian har brutits i ovädret. Och just när det börjat komma knoppar.

– Det finns väl värre saker, menade Gunnar, men just då kunde Berta inte komma på något som var värre. Hennes älskade hortensia.

Gunnar lyfte bort presenningen och hällde bort regnvattnet som samlats i små pölar på den.

– Akta handlederna, skämtade Berta.

Konrad och Hjördis hade sagt att de skulle komma lite senare eftersom de först skulle uträtta några ärenden. Ja, det var andra tider nu. Förr stängde affärerna klockan sex och var stängda på söndagarna. På den tiden fick man minsann planera sina inköp. Så många gånger det hänt att de stått utan mjölk eller något annat på söndagarna. Nu var det bara att ge sig iväg och handla det man fattades. Tokerier, ha öppet till nio alla kvällar, tänkte Berta samtidigt som hon nöjt konstaterade att inget annat i rabatterna blivit förstört i ovädret. Scoutstugan stod öde och tom. Utanför låg ölburkar och tomma cigarettpaket. En plastmugg och en servett hade fladdrat in och lagt sig i ett buskage.

– Tror jag går en liten sväng och tittar i kolonierna, sa Gunnar som inte kommit igång med arbetet.

– Jag följer med, sa Berta glatt.

– Det är bättre att du stannar, annars behöver jag låsa, sa Gunnar.

– Känns det besvärligt kan jag låsa. Berta var redan på väg mot grinden.

Så bröts tystnaden av en motorsåg och Gunnar hoppade till samtidigt som hans ögon stirrade förskräckt.

När de kom i gången kunde de skymta Holgers och Ernas trädgård en bit bort.

– Titta, Gunnar! Vad tar dom sig till? Ser du att Holger sågar ner sitt vackra äppleträd? Berta ryckte Gunnar i skjortärmen och ville gå förbi Holgers tomt. Gunnar drog åt andra hållet.

– Låt dom arbeta i fred. Det verkar bara nyfiket. Gunnar sträckte på nacken och såg hur Holger sågade medan Erna stod vid sidan om och grät med en näsduk i handen.

– Förstår inte det där med äppleträdet, suckade Berta när de kom tillbaka till kolonin.

– Det är mycket man inte förstår. Jag förstår inte hur tusan jag ska kunna få in den där brädbiten ovanför dörren.

– Jag har sagt till dig om stegen, Gunnar. Det är så lätt när man är upprörd … och med dina klena handleder.

Gunnar klev trotsigt ner och satte sig med en duns vid trädgårdsbordet.

– Jag tar en tur till campingen. Det är skoj att titta på alla campare. Berta baxade ut cykeln i gången.

– Tycker du det kan vara något, så gör du det. Gunnar satt kvar vid trädgårdsbordet och blicken flackade.

– Har Konrad och Hjördis kommit när jag kommer tillbaka, bjuder vi på kaffe och kanelbullar.

I samma stund som Berta gav sig iväg tystnade motorsågen hos Holger.

Såja, tänkte Gunnar. Nu finns det ingen återvändo. Nu gällde det bara att knipa käft. Men det hade han intalat sig hela dagen och det skulle inte bli några problem. Han återvände till arbetet, men någon arbetsglädje kände han inte.

Berta ledde cykeln över bron där ett par småpojkar stod och fiskade. Hon fortsatte sedan på promenad- och cykelvägen längs stranden. När hon kom till campingplatsen steg hon av cykeln och ledde den. Vilka husvagnar, tänkte hon. Och med uterum och blommor i både krukor och amplar. Hon ville inte verka nyfiken, men kunde inte låta bli att titta lite försiktigt på husvagnarna och familjerna som satt utanför och fikade.

Så fick hon syn på några stora, blanka motorcyklar och stannade upp. Rysligt granna är de ... och det där ljudet när de kommer farande. Berta drog försiktigt med handen över bakskärmen på en av motorcyklarna.

– Vill damen ha en åktur, sa en vänlig röst. När hon vände sig om såg hon att det var motorcykelgänget som tidigare tältat i anslutning till koloniområdet som nu slagit läger här.

– Tack för erbjudandet, skrattade Berta, men då skulle väl folk tro att jag blivit tokig. Men trevligt hade det varit.

Ett par av de andra i gänget kom också fram och började prata med henne.

– Jag saknar er nere vid kolonierna, sa Berta sanningsenligt.

– Det är du nog den enda som gör, sa Göran, den kraftige mannen med örhänget som gått förbi scoutstugan när de hade festen.

– Varför tror du det? undrade Berta.

– Det kom folk hela tiden och ville ha bort oss. Vi tyckte det var lika bra att flytta hit.

Plötsligt stirrade Berta på en av männen.

– Är du inte Julia Nilssons påg, från Hammenhög, sa hon tveksamt.

– Jo, skrattade killen.

– Du heter Jörgen, va?

– Hur vet du det?

– Vi brukade köpa grönsaker av dina föräldrar. Då var du liten förstås, men du är dig fortfarande lik på något sätt.

Plötsligt satt Berta på en tältstol med en kopp kaffe och pratade med ungdomarna. Hon fick veta att de hade semester från sina arbeten och att de putsat och donat med motorcyklarna hela vintern för att kunna "glida runt" på sommaren, som de utryckte det. Riktigt intressant samtal hade hon med dem. En av tjejerna höll på att göra upp en tipspromenad som de skulle ha på kvällen och Berta hjälpte henne med ett par frågor.

– Du är häftig, sa en av killarna till henne. Inte rädd heller.

– Varför skulle jag vara rädd?

– Många går långa omvägar när dom ser oss. Han fyllde på mer kaffe till Berta.

Berta fick syn på nyhetsankaret Signe. Hon kom arm i arm med sin man och gjorde stora ögon när hon fick se Berta sitta och dricka kaffe med ungdomarna.

Märkliga människor, tänkte Signe. Först Gunnar med sina fruntimmersaffärer och nu Berta ...

– Härligt promenadväder, sa Berta vänligt.

– Lite fuktig luft bara, svarade Signe och tog handväskan i båda händerna och höll den hårt intill sig när hon gick förbi dem.

– Där ser du, sa Jörgen. Hon tror vi ska sno hennes väska.

– Äsch, det tror jag inte, försökte Berta släta över.

– Är ni kvar här i morgon kanske jag kommer över med lite hembakta kanelbullar till er, sa Berta när hon försökte resa sig.

En av männen kom fram och tog henne om armen när han förstod att hon hade svårt att komma upp. Hon såg att Signe och hennes man stod och stirrade på henne lite längre bort. Hon vinkade först åt Signe och sedan åt ungdomarna innan hon trampade iväg mot kolonin.

– Dom har inte kommit ännu, sa Gunnar när hon kom tillbaka.

– Det är ingen brådska. Jag har druckit kaffe, sa Berta glatt.

– Har du?

– Ungdomarna med motorcyklarna bjöd mig. Dom campar ute vid Tobisvik.

Gunnar la ifrån sig hammaren och tittade förskräckt på henne.

– Är du från vettet, människa. Och du som är rädd att jag ska falla ner från stegen. Du skämmer ut oss. Nu lät Gunnar riktigt ilsken, men så lät han ofta då han blev orolig för henne.

– Dom frågade om jag ville åka med en tur på motorcykeln,

skrattade Berta som njöt över Gunnars förfäran.

– Det gjorde du väl inte? Gunnar blundade och knep ihop ögonen som om han inte ville höra svaret.

– Kanske en annan gång när jag har långbyxor på mig. Berta sög på varje ord.

– Inte ett ljud till Konrad och Hjördis, hör du det. Gunnar var bestämd i rösten.

– Det kan jag inte lova. Hjördis och jag har inga hemligheter för varandra. Det är inget konstigare än när du går ner till Herman ibland och pratar. Skulle jag då inte få berätta för någon att du varit där?

– Herman! Han är fastighetsskötare i huset. Gunnars vänstra ögonbryn hoppade upp och ner.

– Fastighetsskötare ja, och Jörgen är elektriker. Vad är skillnaden?

– Herman kör inte motorcykel. Nu märktes det att Gunnar tyckte att han fått övertaget.

– Det är riktigt, han kör inte motorcykel utan en gammal rostig Fiat. Det hade blivit körförbud på den med en gång om polisen stoppat honom.

Innan Gunnar hann kommentera vad Berta sagt hördes Hjördis glada röst vid staketet.

– Jaså, här sitter ni och latar er.

Gunnar for upp från stolen och började rycka i blomspaljén för att han inte skulle verka sysslolös.

– Tjenare. Konrad bromsade in cykeln så det knastrade i gruset. Han satte cykeln i cykelstället som han byggt på tomten. Där fanns plats för två cyklar. Över cykelställen hade han byggt ett tak av gul, korrigerad plast för att cykelsadlarna inte skulle bli våta när det regnar.

Berta gick genast fram till Hjördis och de förde ett lågmält samtal med varandra. Ibland tog hon upp handen till munnen för att ingen skulle höra. Damerna såg både glada och oroliga ut tyckte Gunnar och han försökte uppfatta vad de talade om.

Karl-Åke Asp kom med beslutsamma steg och allvarlig uppsyn och ställde sig vid staketet.

– Det hade varit bra om ni satt upp postlådor, sa han. Jag tycker inte om att behöva klämma fast meddelanden vid grinden.

– Det räcker med att få räkningar hemma, försökte Gunnar skämta. Han insåg emellertid att Asp inte var på skämthumör.

– Det är allvarligt, fortsatte Asp. Mycket allvarligt. Jag håller på att sammankalla alla i området till ett extra möte. Ett krismöte. För övrigt är det inte en kallelse, utan jag beordrar närvaro. Det är av yttersta vikt att alla kommer till mötet.

– Vad gäller det då? undrade Konrad.

– Jag berättar i nuläge inte mer än vad som står i kallelsen. På mötet kommer alla att få information. Vi vill inte att det ska spekuleras innan.

– Det verkar allvarligt. Hjördis såg rädd ut.

– Mycket allvarligt, klämde Asp i som avslutning innan han fortsatte att gå runt med lapparna.

Gunnar kände sig svimfärdig. Men han skulle hålla masken, det hade han bestämt. Han ryckte lappen från Berta.

– Vad står det? Gunnars blick följde raderna och andhämtningen ökade.

– Dom säger väl inte upp vårt arrende? Berta såg ynklig ut. Utan att vara medveten om det började hon knipa av knopparna på prästkragen. Hjördis såg storögt på den lilla högen av knoppar som låg vid Bertas fötter.

– Läs då! Annars får jag väl ta våran lapp, sa Konrad.

Gunnar började läsa högt och osäkert:

– "Kallelse till krismöte tisdag 31 maj, klockan 18.00 i scoutstugan. En allvarlig incident har inträffat i området. Innan vi gör polisanmälan bör vi förhöra oss med samtliga ifall några mystiska meddelanden lämnats i andra lådor inom området. Styrelsen".

– Incident. Hjördis såg frågande ut. Hon visste inte riktigt vad ordet betydde men hon förstod att det var allvarligt.

– Mystiska meddelanden. Vi har väl inte fått något, Gunnar? Tänk om det blåst bort i ovädret. Vi får allt skaffa oss en brevlåda.

Gunnar knycklade ihop lappen och kastade den i spannen med trädgårdsavfall som stod vid stugknuten.

– Vad gör du, Gunnar? Berta plockade upp lappen och försökte stryka den slät längs klänningen. Hon läste.

– "Få stopp på de kriminella handlingarna innan mer växtlighet skövlas, utan anledning."

– Äsch, det är väl mördarsniglarna dom försöker få stopp på, mumlade Gunnar.

– Här är inga mördarsniglar. Det är något annat ... allvarligare. Hjördis vred sina händer.

– I morse sågade Holger ner sitt äppleträd, sa Berta plöts-
ligt.

– Det som var så vackert. Hjördis slog sig för bröstet.

– Jag tyckte det såg lite hängigt ut. Det hade väl gått ohyra
i det. Gunnar knäppte skjortan. Han kände sig ruggig.

Efter en stund såg de att de flesta kolonister stod och häng-
de över staketen och samtalade med sina grannar. Signe nöjde
sig inte med grannarna. Hjördis såg hur hon sprang från ko-
loni till koloni med vidöppen käft medan hon gestikulerade
med hela kroppen. Hon hade kunnat springa och lämna ut
lapparna istället, så hade det snart varit gjort, tänkte Hjördis.

Mycket mer blev inte gjort i kolonin denna dag. Tidigt på
eftermiddagen begav sig Gunnar och Berta hemåt. Något
kaffe med nybakade kanelbullar hade det inte blivit och Berta
hade glömt kvar både termos och bullar i kolonin.

När Berta knegade upp för backen på Storgatan kom mo-
torcykelgänget och när de fick syn på henne, tutade och vin-
kade de. Hon vinkade glatt tillbaka och var glad över att
Gunnar låg några kvarter före. Plötsligt kändes inte backen
så påfrestande och hon njöt när vinden rufsade om i hennes
hår.

Kapitel 17

– Jag tycker att Gunnar verkar nervös och konstig, sa Hjördis till Konrad när de blivit ensamma. Berta också för den delen. Hjördis tittade sorgset mot knopparna som Berta knipit av prästkragarna och som låg i en liten hög på trädgårdsgången. Det var så olikt Berta. Hon lämnade aldrig kolonin utan att först ha plockat undan och gjort fint runt stugan … och prästkragarna som hon älskade.

– Jag ska tala med Gunnar om det där jag lovat. Men i dag kändes det inte som det var läge, sa Konrad trött.

Hjördis tyckte inte att det var lika trevligt att vistas i kolonin när inte Berta och Gunnar var där. Det var inte så att de hängde på varandra. Fast ett ord över staketet eller en liten vinkning det värmde. Hon var verkligen rädd om deras vänskap, ingenting fick komma emellan.

Gunnar och Berta var ovanligt tysta denna eftermiddag. Berta satt på balkongen en stund och virkade medan Gunnar tittade på en teverepris.

– Vad tittar du på? undrade Berta när hon kom in.

– Jag vet inte.

– Vet inte? Då kan jag berätta för dig att programmet handlar om finska vinterkriget.

– Är det krig i Finland nu igen? sa Gunnar förskräckt och satte sig rakt upp i stolen.

– Igen? Du pratar som du har förstånd till. Jag börjar faktiskt bli orolig för dig, Gunnar. Fast glad är jag förstås över att det är ett seriöst program, för en gångs skull.

Gunnar såg fortfarande orolig ut. Han kunde inte reda ut det där med vinterkriget. Det var ju sommar dessutom.

– Vad ska du ha på dig på mötet i morgon? undrade Berta och öppnade garderobsdörren.

– Jag ska inte gå på mötet.

Berta stängde häftigt garderobsdörren.

– Det är väl klart att vi ska gå på mötet. Vi är beordrade. Hörde du inte det?

– Det struntar jag i. Jag går inte.

Berta satte sig i den andra fåtöljen och spände ögonen i Gunnar.

– Nu får du allt förklara dig.

– Det finns inget att förklara. Jag har inte lust. Nog tjafsat om det.

Berta studerade Gunnar ingående. Det ryckte i hans vänstra ögonbryn och han petade i näsan. Inte försiktigt utan han formligen grävde sig in i ena näsborren.

– Sluta peta näsan! Letar du efter metmask, krängde Berta.

Gunnar stängde av teven och gick in och la sig på sängen.

Berta såg fundersam ut. Det var inte likt Gunnar. Han tyckte alltid det var trevligt att komma ut bland folk. Så stelnade hon till och spärrade upp ögonen. Någon hade lagt en lapp i någons låda i kolonin. Var det inte så Asp sagt? Eller som det stod på lappen? Nu kände hon sig plötsligt rent förvirrad. Hon kom att tänka på den där natten då Gunnar så hemlighetsfullt suttit och skrivit i köket. Hon ställde sig bredbent i sängkammardörren.

– Du kanske vet vad som ska diskuteras på mötet, och det är därför du tycker det är onödigt att gå dit?

– Ja, det vet jag. Gunnar studsade till i sängen. Han hade slumrat till och inte tänkt på vad han svarat.

– Då kan du informera mig, så slipper kanske jag också gå på mötet.

Gunnar sken upp.

– Vad bra, Berta. Vi har inget där att göra.

– Vad är det du känner till? Fram med det nu.

– Det var någon som sa att det gått ohyra på fruktträden i området.

– Vem sa det?

– Minns inte riktigt vem det var som sa det. Skit samma, nu stannar vi hemma båda två och tittar på teve.

– Ohyra på fruktträden. Berta fnös. Asp talade om polisanmälan. Är det ohyran som ska polisanmälas? Nej, du. Vi ska gå dit – *båda två*. Det är viktigt att få korrekt information, istället för en massa skvaller. Berta lämnade hastigt sin utpost vid dörren.

Nu kände Gunnar det som om han ville somna in för gott. 'Att dö är inte det värsta, att vilja dö och inte kunna är värre'. En av hans mors nedtecknade aforismer flimrade förbi. De brukade hjälpa honom, men nu kände han det som om han befann sig utanför möjligheternas gräns. Jag tar den svarta begravningskostymen på mig i morgon hann han tänka innan han försvann in i en orolig sömn.

Stämningen hade varit tryckt under eftermiddagen. Berta hade tvättid och Gunnar hade lovat följa med henne till tvättstugan. Han hade suttit tyst på en stol innanför dörren medan Berta lagt i tvättmaskinen.

– Förstår inte varför dom ska ha så stora maskiner, sa hon när hon lagt i kulörtvätten. Jag har bara en halv korg tvätt till och så måste jag köra ytterligare en maskin.

– Varför då? undrade Gunnar. Fick det inte plats bland det andra? Han pekade på korgen.

– Tok. Man kan inte blanda kulörtvätt med den vita. Vill du att din skjorta ska bli ljusblå tills i morgon kväll?

Ja, det där med tvätt förstod han sig inte på, men han litade på Berta, det gjorde han. Ljusblå skjorta ville han då rakt inte ha på mötet, det skulle bli pinsamt nog ändå.

För ovanlighetens skull var det bra teveprogram på kvällen, men ändå hade Gunnar svårt för att koncentrera sig. Berta hade burit in kaffe och de nybakta kanelbullarna, men kvällen kändes ändå bedrövlig på något sätt. Han sneglade på Berta som mumsade i sig med god aptit. Det hettade på kinderna. Inte hade han då en tanke på att vänslas med någon annan så länge han hade Berta. Henne kunde han inte vara förutan. Det var som om Berta kände Gunnars tankar. Hon vände sig om och såg på honom. Han log och suckade. Berta kände sig generad och slätade till kjolen. Hon visste att den där blicken betydde ömhet.

– Ta en bulle till, Gunnar, sa hon vänligt.

– Du är duktig till att baka, Berta. Ja, du är duktig på det mesta.

– Prata inte med bullen i munnen. Du kan sätta den i halsen.

– Du är skojig du. Gunnar småskrattade. På det där sättet har du hållit på i alla år trots att jag aldrig satt något i halsen.

Berta såg nöjd ut. Hon vek ihop pappersformen som kanelbullen legat i. Hon brukade alltid vika formarna sex gånger och sedan lägga dem på assietten.

– Det finns väl inte mycket att sitta uppe efter? sa Gunnar när de släckt teven.

– Det beror väl på. Det blir vad man själv gör det till. Vi kan spela Fia, det var länge sedan.

– Aldrig i livet. Jag går och lägger mig och läser.

– Läser! sa Berta leende. Har du varit på biblioteket?

– Var lagom spydig du. Man behöver väl inte gå på biblioteket när man har lägenheten full av böcker.

– Lägenheten full av böcker. Berta pekade på bokhyllan. Tio band av Lilla uppslagsboken och dom där jubileumsböckerna som den där försäljaren prackade på dig.

– Jag såg ett reportage i en av dina veckotidningar om hur man bygger ett växthus. Det verkade intressant.

– Ja, ett sådant vill jag ha, sa Berta glatt.

– Jag ska bara läsa om det.

Förstår inte hur Berta kan läsa när hon ligger, tänkte Gunnar medan han bläddrade i tidningen för att hitta artikeln. Han lyfte upp glasögonen. Sådana här aggressiva glasögon, eller vad de heter, det är omöjligt att hitta rätt läge.

Berta kom in i sovrummet efter en stund.

– Få se. Hon ryckte tidningen ifrån Gunnar. Det ser vackert ut. Tänk, då kan vi kanske så grönsaker lite tidigare.

– Ta det lugnt. Jag får bli färdig med boden först. Han tog tillbaka tidningen.

– Jag är orolig för det där mötet i morgon, sa Berta ynkligt. Tror du att det bara gäller ohyra? Jag är orolig att det är något med arrendet eller att dom ska höja avgifterna.

Hon hade tänkt på det där med lappen, fast insett att det inte kunde varit Gunnar som varit så företagsam.

– Det löser sig, gumman. Sov nu. Gunnar strök Berta över kinden.

När Gunnar somnat med tidningen över huvudet, lyfte Berta varligt bort den samtidigt som hon smekte honom över kinden. Hon släckte lampan och Gunnar smackade nöjt ett par gånger. Berta böjde sig över honom och vek täcket upp över hans axel.

När väckarklockan visade 01.50 skar ett gällt skrik genom mörkret.

– SLÄPP MIG! RÖR MIG INTE ... Gunnar satte sig upp i sängen och tittade sig förskräckt omkring.

– Vad är det, Gunnar? Mår du inte bra? Berta tände sänglampan och granskade honom oroligt.

– Jag drömde.

– Du är alldeles kallsvettig. Du mår väl bra? Bertas ögon såg panikslagna ut.

– Jag drömde. Jag mår bra. Men lite tryck känner jag över bröstet.

– Gå upp och drick lite kall mjölk så känns det bättre. Eller ska jag hämta åt dig?

Gunnar svarade inte men steg upp och trädde fötterna i morgonskorna. Han satte sig vid köksbordet medan han drack mjölken. Det var en obehaglig dröm. Han hade drömt att poliserna kom och hämtade honom. Berta hade sprungit efter och dragit honom i skjortärmen. Han sköljde noga glaset och satte det i vasken.

– Känns det bättre nu? undrade Berta. Du skrämde mig.

– Det ska inte så mycket till för det, försökte Gunnar skämta medan han kröp ner i sängen igen.

Han låg klarvaken och hörde att Berta somnat om. Det var som hans skrik fanns kvar i rummet. Han kunde höra det och samtidigt känna polisens burdusa hand om hans arm. Gud hjälpe att allt var över och de fick lugn och ro. När klockans visare visade 03.00 låg Gunnar fortfarande vaken. Det var som om han var rädd för att somna. Tänk om han drömde igen och sa något tokigt och Berta skulle förstå. Vilken kålsoppa det blivit av allting och bara för tre futtiga nejlikor.

Kapitel 18

– Är du klar, Gunnar?

Berta stod färdig i hallen med handväskan i handen. Gunnar var i badrummet och avslutade rakningen. De hade varit i kolonin på förmiddagen. Där var det som lugnet före stormen. Alla höll sig på sina tomter, men Gunnar hade hamrat av sig sin oro på boden som nu var i det närmaste klar. Hjördis och Konrad hade målat staketet och Konrad hade också snickrat ihop en brevlåda som han hängt upp utanför grinden.

De skulle promenera tillsammans till mötet. När Berta öppnade ytterdörren kom Hjördis och Konrad precis ner för trappan.

– Ska bli spännande att höra vad som hänt, sa Konrad och lät nästan förväntansfull.

– Så fin du är i håret, Berta, sa Hjördis uppmuntrande.

– Äsch, jag satte bara några hårspolar vid sidorna.

Herrarna gick före och damerna stannade och tittade i skyltfönster på vägen ner längs med Storgatan.

– Dom där sandalerna ser sköna ut, sa Hjördis när de gick förbi Hälsobutikens fönster.

– Verkligen, men jag går sällan barfota, och jag tycker inte det passar med sockar i sandaler.

– Säger du det? Hjördis såg förvånad ut.

En strid ström av kolonister var på väg till scoutstugan. Det kändes lite unket där inne när solen stått på hela dagen och dörrarna varit stängda. Asp öppnade flera fönster och intog sedan bordet som han placerat längst fram. Stämningen bland de församlade var inte lika munter som i lördags. Festkommittén satt vid ett bord längst fram och kände sig sysslolösa. Annars var de vana att fixa med kaffe och pyssla runt, men denna gång skulle det bara bli möte.

Erik Kvists ansiktsfärg hade dämpats sedan lördagen. Just som mötet skulle börja svepte Camilla in genom dörren. Berta puffade på Hjördis.

– Hon är festklädd i dag också, fnissade Berta. Inte passar det sig att gå på möte i en sådan utstyrsel. Kortkort kjol och urringad topp.

Hjördis nickade medhållande.

Gunnar blängde mot Holger och Ernas bord. Erna var svullen som en flodhäst i ansiktet och ögonen var röda. Hon satt och vred en näsduk i händerna.

– Välkomna till krismöte, sa Karl-Åke Asp. Jag trodde att vi skulle slippa sådana här möten i vår förening. Men jag är glad för att så många har kommit.

– Kom till saken, sa Erik och plötsligt blev hans ansiktsfärg en nyans mörkare.

– Holger och Erna på Solrosgången har fått en skrivelse i

sin brevlåda, eller snarare en lapp. Den är undertecknad med "Styrelsen", men ingen i styrelsen känner till den. Vill du läsa upp vad som står i den, Holger?

Holger reste sig och harklade sig nervöst.

– Kom fram här, sa Asp.

Holger gick tveksamt fram. Han vecklade upp lappen och började läsa:

– "Vi i styrelsen har fått veta att det kommit in ett mycket farligt skadedjur i kolloniområdet. Djuret kommer från Ryssland och angriper bara äppleträd. Alla i området som har äppleträd ska omedelbart såga ner dessa träd. Styrelsen."

De närvarande tittade förvånat på varandra. Gunnar blev svettig om händerna och flackade med blicken. Berta tittade klentroget på honom.

Erna grät nu högljutt och Holger gick tillbaka till bordet och la armen om henne.

– Holger gjorde som han blivit ombedd, och har sågat ner deras vackra, gamla äppleträd, sa Karl-Åke allvarligt.

Ett sus gick genom de församlade. Det diskuterades livligt vid borden.

– Nu är min fråga, fortsatte Asp myndigt. Finns det fler här i området som fått liknande skrivelser eller lappar?

– Jag fick någon jädrans lapp om studsmattor och parabolantenner, sa Erik Kvist. Var det ett skämt, eller ...

– Ordning i salen, sa Asp i högt tonläge eftersom han glömt ta med ordförandeklubban som annars brukade vara ett effektivt hjälpmedel att få tyst på församlingen.

– "Ordning i salen", viskade Gunnar till Konrad. Det låter som vi är en skolklass.

Berta sparkade Gunnar på benet.

– Nu håller vi oss till ämnet, fortsatte Asp.

– Ämnet? Nog tyckte jag att du frågade om någon hade fått en skrivelse.

De församlade skrattade försiktigt.

– En liknande skrivelse som den Holger fått, menar jag. Nu gick Karl-Åke Asp upp i falsett. Nå? sa han uppfordrande.

– Förhörde du dig inte med styrelsen först, Holger? Dom flesta skadedjur går ju att utrota ... och var det ett handskrivet meddelanden du fick? undrade Assar Pålsson vid bordet längst bak.

– I efterhand inser jag väl att jag hade lite bråttom. Men man vill ju inte orsaka olägenhet för andra, sa Holger och la huvudet på sned.

Gunnar fnös. Nu är han så där inställsam igen, tänkte han. Bara glorian som fattas.

– Det var ett handskrivet brev Holger fick. Våra meddelanden är alltid utskrivna på dator och jag kan ju också tycka att det är lite märkligt att du inte reagerade, Holger.

– Ska jag nu utses som syndabock bara för att jag gjort som det stod. Holger brusade upp och reste sig. Erna försökte lugna honom.

– Vi anklagar inte dig, Holger, men du borde kanske kontaktat någon i styrelsen först.

Gunnar log och Konrad tittade på honom och kände en

märklig olust. Hjördis såg orolig ut och Berta klappade henne varligt på armen.

– Var det allt? sa Erik och reste sig.

– Lugn, lugn, sa Asp. Som ni förstår är händelsen straffbar. Jag vet inte om det kan klassas som skadegörelse ... eller urkundsförfalskning med anledning av underskriften, men det får åklagaren och poliserna ta ställning till.

Johan Olsson, en liten knubbig man som alltid yttrade sig på mötena och som var ansedd som gnällig, reste sig.

– Skadegörelse. Det var ju för fan han själv som sågade ner trädet.

– Det är inte Holger som är anklagad för skadegörelse. Jag tycker inte att vi fördjupar oss i hur brottet ska rubriceras. Ingen mer har tydligen fått en liknande lapp i sin låda. Då måste man fråga sig om du, Holger, har några ovänner i området, eller känner någon som vill göra dig illa? Det verkar ju märkligt att bara du drabbats, fortsatte Asp och höll blicken så länge på Holger att han började skruva nervöst på sig.

– Inte så vitt jag känner till.

Signe stod och försökte trösta Erna.

– Om alla får skriva ner en mening på ett papper, kan vi jämföra handstilen med skrivelsen. Kanske kan vi då få reda på vem som skrivit den, sa Signe och knyckte med nacken.

Gunnar slutade andas. Jädrans hagga, tänkte han.

– Du menar alltså, på fullt allvar, Signe, att någon av oss här skulle vara den skyldige? Elof Björk, en annars fridens man slog sig på bröstet medan han talade.

– Jag menade inte så, försökte Signe förklara.

– Fattas pengar? Det är ju du själv som har hand om kassan. Hur har det gått till? Nu såg Asp anklagande på henne.

– Inte i den vanliga kassan, men i lotterikassan på festen.

– Äsch, sa Asp lättad. Ni har väl gett fel tillbaka när dom köpte lotter.

– Ska jag anteckna det också? undrade Laila.

En lätt knackning hördes och dörren öppnades försiktigt. Signe stack in huvudet.

– Jo, jag tänkte … började hon.

– UT! skrek Asp. UT! Ser du inte att vi har möte?

Signe bockade och backade ut samtidigt som hon varligt slog igen dörren.

– Du satte väl inte ifrån dig pengarna utan tillsyn, Lisette? Karl-Åke Asp knackade nervöst med pennan i bordet.

– Pengarna låg en stund i köket medan jag hjälpte till att [ba]ka ut. Både Eva och Lisbeth från festkommittén var i köket.

– Så du anklagar dom för att ha tagit pengar? sa Ingrid som [är] styrelseledamot.

[– J]ag har inte anklagat någon, fräste Lisette. Jag sa att dom [va]r sig i köket.

[Asp] suckade. Att ha bara fruntimmer i styrelsen var inte bra, [det ha]de han tänkt på många gånger tidigare. Jädrans kack[el.] De passade på varandra och högg så snart tillfälle gavs.

[Sign]es högljudda röster hördes ut på gårdsplanen där [de kvar]farande stod kvar och samtalade.

[– Jag ska] bara vattna pionen, den såg lite torr och ledsen [ut] och gick mot kolonin.

– Och om någon här skulle vara skyldig, tror du då att han eller hon skulle använda samma handstil som i skrivelsen? Det är helt befängt, avslutade Björk.

– Jag tycker det börjar bli obehagligt, viskade Hjördis till Berta.

– Låt dom hållas.

Asp försökte påkalla uppmärksamhet, men ingen tog notis om honom.

– När vi ändå är församlade kanske man kan få ställa en rak och enkel fråga. Vem slänger skit utanför soptunnorna? Snacka om skadedjur. Möss och råttor vill väl ingen ha här, sa Kvist som nu fått samma ansiktsfärg som under lördagens tillställning.

– Hur ska vi gå vidare med det aktuella ärendet, sa Asp med betoning på aktuella. Signe, ditt förslag är både orimligt och kränkande. Alla är dessutom inte närvarande här.

Signe knep ihop sina mörka ögon och munnen blev som ett långt streck.

– Köp ett nytt träd till dom, så har vi löst det. Vi kan lägga en tjuga var, sa Hulda Blixt och började leta efter sin portmonnä.

– Visst kan vi göra det, men i så fall tar vi av föreningens kassa, sa Asp och Hjördis såg förnärmad ut. Fast, det viktigaste är att vi får tag i gärningsmannen, sa Asp. Dom som är för att vi gör en polisanmälan räcker upp en hand.

Endast ett par händer räcktes upp.

– Poliserna har nog med att haffa alla som kör utan cykelljus, sa Signe som ville ha revansch. Förresten finns inga vittnen.

– Det verkar inte som vi kommer mycket längre i kväll. Jag föreslår att vi gör så här, sa Asp och torkade svetten ur pannan. Alla som vet, eller tror sig veta vem gärningsmannen är – eller har förslag och idéer hur vi ska gå vidare, lägger en lapp i vår förslagslåda uppe vid hygienutrymmena. Styrelsen stannar kvar en stund, avslutade han.

Gunnar tittade granskande på Holger. Nu vågade han till och med hålla kvar blicken. Gunnar var nöjd med mötet, frånsett det där Signe sagt att de närvarande skulle skriva ner en mening på ett papper. Men henne fick de snabbt tyst på. Han gav Holger ett hånfullt leende.

Holger kände sig illa till mods. Den där Gunnar Andersson hade han aldrig tyckt om. Varför visste han inte, men det var något förargligt över hela hans uppenbarelse. Klart, det var kanske onödigt att visa sin ovilja så öppet som han själv gjort vid ett par tillfällen. Han hade varit lite förarglig mot Gunnar några gånger, det fick han tillstå. Han studsade själv till vid tanken och vände sig om och tittade på Gunnar som var på väg ut. Inte kunde det väl vara han som …?

Holger avbröts i sina tankar av att flera kolonister kom fram och beklagade vad som hänt. Signe tog honom i hand och liksom bugade som om hon framförde en kondoleans. De närvarande började resa sig medan några satt kvar och diskuterade. När Erik Kvist gick förbi Asp sa han hånfullt samtidigt som han sparkade till en stol:

– Tack för ett givande möte.

När de sista mötesdeltagarna lämnat lokalen satte Asp fram stolar runt bordet åt styrelsen.

Kapitel 19

– Jag tänkte att när vi ändå är samlade kan vi i styrelsen passa på att ta en intern diskussion, sa Asp och satte sig ner. Nå? Vad säger ni om det hela?

– Riktigt obehaglig tycker jag hela historien är, sa Lise? Olsson, föreningens kassör. Fast, det blir nog svårt att få ? het i det hela.

– Kan du skriva ner några punkter från mötet, La? något protokoll utan bara lite punkter hur vi har d? Jag tänkte att vi ska informera dom som inte var på? dom kan lägga en lapp i förslagslådan hur dom vi? vidare … och om dom fått någon liknande la? till något av värde för att lösa den här trista b?

– Visst, svarade Laila, föreningens sek? lägga ett block där uppe också om det är? tillgång till papper.

– Det är mer som är obehagligt, s? sig oroligt.

– Har du också varit utsatt för? ögonen och tittade på Lisette.

– Det fattas pengar i kassan.

– Då passar jag på att släppa in grisarna, skämtade Gunnar som alltid när han behövde gå på toaletten. Han tog nyckeln och försvann upp längs gången.

"Nödstation" stod det på en skylt som hängde ovanför en av toaletterna inne i hygienutrymmet. Nog är det en nödstation alltid, tänkte Gunnar nervöst och bläddrade i tidningen Vi i villa, som låg på det lilla runda bordet. Gunnar hade aldrig tyckt om det där med offentliga toaletter. Han ville vara ensam när han uträttade vad han skulle. Lite konstigt tyckte han själv att det var. Det är ju fullt naturligt. Det man stoppar i sig måste komma ut, så enkelt är det. Men det var rädslan att det skulle höras om han släppte sig på samma gång. Pinsamt var det också om någon gick in på samma toalett som han varit på, och det luktade illa. Därför satt han nu här och bläddrade febrilt i tidningen utan att se något av vad där stod. Allt bara för att han inväntade att bli ensam. Visserligen var en av de två toaletterna ledig men eftersom den andra var upptagen ville han avvakta. Men, det började bli lite bråttom och han ändrade ställning på stolen. Så äntligen spolades det därinne och dörren öppnades.

– Jaså, är det du som är ute och smyger i kväll, sa Britten en av deras grannar.

Gunnar studsade på stolen.

– Fina trädgårdsstatyer dom har nu för tiden, sa han snabbt och pekade på ett uppslag i tidningen.

– Hur går det med boden? Den ser fin ut. Vi kan kanske hyra in dig som byggledare eftersom vi planerar att göra ett utedass på tomten. Ibland sover vi över här och jag tycker det känns otäckt att gå hit själv när det är mörkt. I synnerhet nu efter allt som hänt ...

– Tack för erbjudandet, sa Gunnar stelt. Men när boden är färdig, tänker jag ta semester.

– Ha en bra dag och säg till om du ångrar dig. Erbjudandet står kvar.

Så snart Britten lämnat lokalen gick Gunnar mot toaletten med raska steg.

Vad menade Britten när hon sa "Jaså, är det du som är ute och smyger i kväll"? I samma stund lättade trycket i magen och Gunnars spända ansiktsuttryck slätades ut. Fast klart, tänkte han, det är sådant man säger utan att mena något särskilt med det.

Innan han lämnade lokalen strök han snabbt med handen över framsidan på byxorna för att kontrollera att gylfen var stängd.

Nu gick han med lätta steg mot kolonin. Han var så tacksam över kolonin och över vänskapen med Hjördis och Konrad. Vad skulle de annars ta sig till? Sitta i lägenheten och glo på väggarna, vecka ut och vecka in. Ja, han hade mycket att vara tacksam för, det visste han. Han visslade en stump och nickade vänligt mot bekanta i kolonierna när han gick förbi.

De andra donade runt i trädgårdarna när han kom tillbaka.

– Gå ni hem. Sätt du på kaffe, Konrad, vi kommer sedan. Berta och jag vattnar, sa Hjördis och blinkade mot Konrad och hoppades att han skulle fatta att det var ett lämpligt tillfälle att tala med Gunnar om det Signe sagt till henne på Brunnshallen.

– Vågar ni gå hem själva? undrade Gunnar och såg lite tveksam ut.

– Det ena spöket tar inte det andra, skrattade Berta.

– Konrad är senfärdig av sig när han gör något i köket och vi hinner säkert prata en stund och smälta det vi hörde på mötet. Annars vet han var termoskannan finns, sa Hjördis när Gunnar och Konrad gett sig iväg.

Berta låste upp stugan och la ut två dynor.

– Det var väldigt vad han den där Kvist tog toner. Fast han har rätt i att folk kastar skit utanför soptunnorna. Berta log när hon tänkte på vad Kvist sagt.

– Signe blev nog lite purken för att ingen nappade på hennes förslag. Hon hade nog inte tänkt igenom det riktigt, menade Hjördis.

– Du fryser väl inte? Vill du kan jag hämta en filt som du kan lägga om axlarna.

– Det behövs inte, Berta.

– Nästa år ska jag så tagetes längs den där rabatten. Berta pekade. Jag bryr mig inte om vad andra tycker.

– Vadå andra tycker? Det gör du väl som du vill. Hjördis drog kappan närmare sig.

– Många kallar dom för kärringblommor. Det är mest gamla kärringar som sår sådana.

– Är det sant? Det har jag aldrig hört, skrattade Hjördis.

– Så är det i alla fall, fast jag tycker dom är vackra. Nästan som sammet.

De satt tysta en lång stund och bara njöt av kvällen, trots att fukten började krypa närmare. De flesta små stugorna i området var rödmålade med vita partier runt fönstren och en del såg ut som små lekstugor. Kolonilotterna var överfyllda med blommor och grönsaker, vackra häckar och buskar. En del har "övermöblerat", som Gunnar brukade säga. Som hos Hjelms. Där fanns lyktor, vindflöjlar, fågelbad, målade stenar och statyer. Asp hade gjort en antydan vid årsmötet att medlemmarna inte borde överdriva när de pyntade i sina kolonilotter. Lite synd hade Berta tyckt att det var om Siv och Orvar Hjelm den gången, eftersom alla hade vänt sig om och tittat på dem. Det var fina saker var för sig, men det hade blivit för mycket, det tyckte till och med Berta. Men, hon ansåg att var och en fick ha det som de ville så länge som de behöll det på sin egen tomt.

– Titta, en igelkott, sa Berta. Visst är dom söta när dom kommer tassande. Synd att jag inte har någon mjölk till den.

– Har du ingen öl heller? log Hjördis.

– Det var för tokigt med mördarsniglarna – och inte en enda har vi sett. Berta följde grusgången med blicken som om hon ville förvissa sig om att det verkligen inte fanns några sniglar.

– Det är väl bäst att vi drar oss hemåt, innan Konrad bränner kaffet. Hjördis drog upp kappärmen och kisade på klockan. Det började skymma och området höll på att avfolkas.

– Du har väl inget berättat för Konrad? Plötsligt såg Berta nervös ut. Tror du vi klarar av det …?

– Klart vi gör, avbröt Hjördis. Informationen dom skickade var bra tycker jag. Hon sa det med sådan övertygelse att Berta genast kände sig lugn.

– Jag känner mig busig i kväll, fnissade Berta. Synd att man inte har en sådan där studsmatta, det hade jag tyckt varit skoj.

– Tok, in med dynorna nu så vi kommer hem.

Berta la in dynorna och lutade stolarna fram över bordet ifall det skulle bli regn. Damerna stötte ihop vid grinden och när Berta kände Hjördis närhet kramade hon om henne.

– Jag tycker om dig, Hjördis, sa hon och kände hennes varma andedräkt mot sin kind.

– Det är ömsesidigt, sa Hjördis och försökte låta skämtsam. Hon lyfte diskret upp armen och torkade bort en tår med kappärmen. Hon tänkte på om Konrad talat med Gunnar och hur det skulle bli när de kom hem.

När Berta låst grinden krokade de arm och lämnade sakta området. När de kom förbi scoutstugan kom precis styrelsen ut och Asp låste dörren.

– Ska det vara på det viset kan jag lägga tillbaka dom femhundra kronorna i kassan, sa Lisette.

– I vilket fall som helst ska du inte misstänka andra, sa Asp och styrelsen försvann i samlad trupp ner mot parkeringsplatsen.

– Vad tror du dom pratade om? Berta stannade och vände sig om och tittade efter dem.

– Verkar som någon tagit pengar från kassan? Hjördis ögon blänkte i dunklet.

Rösterna försvann och väninnorna var som två suddiga gestalter tätt intill varandra.

Kapitel 20

– Vad skulle dom i kolonin så sent? Gunnar vandrade oroligt runt i köket.

– Du gör mig nervös som du rantar runt. Sätt dig ner! Konrad ville sitta så han kunde se Gunnar i ögonen när han talade. Obehaget steg inom honom, men han hade lovat Hjördis och han ville själv också få klarhet i det hela.

När Gunnar satt sig rullade han ena hörnet på bordslöparen gång på gång mellan tummen och pekfingret.

– Minns du när vi stod och pinkade i buskaget på festen? undrade Konrad nervöst.

– Inte för att det är mycket att minnas, men visst kommer jag ihåg det. Gunnar slutade rulla duken och tittade på Konrad som om han väntade på fortsättning.

– Jag berättade för dig att Holger sagt att du varit på friarstråt. Sedan berättade du att Camilla varit hos dig en dag i kolonin när Berta inte var där.

Gunnars ögon mörknade och andningen blev häftigare.

– Holger snackar så mycket skit.

– Är det inte sant då, med friarstråten? Ett hopp tändes i Konrads ögon. Holger har berättat det för Signe, fortsatte Konrad.

– SIGNE! Nej, nu järnvägar. Gunnar var på väg att resa sig men Konrad gjorde en gest att han skulle sätta sig.

– Signe, stönade Gunnar. Människan måste vara klonad för hon finns överallt.

– Hjördis och jag vill veta hur det ligger till för vi tycker synd om Berta att det pratas. Ja, Signe berättade om din friarstråt för Hjördis när dom träffades på Brunnshallen. Att du hade varit och köpt blommor. Nu såg Gunnar eländig ut.

– Blommorna var till Berta. Jag köpte blommor åt henne på Blomstertorget. Gunnar tog ett djupt andetag. Holger var där och frågade om jag skulle ut på friarstråt. "Säg inget till Berta", skämtade jag. Det kommer jag ihåg.

– Då har du själv lite skuld i att det blivit som det blivit. Men Camilla då?

– Milda makter vilken cirkus för ingenting. Hon kom och tittade på en blomma som hon ville ha ett skott av.

– Då är det ingen sanning i något av påståendena då? Konrads leende delade hans runda ansikte i två delar.

– Men den där jädrans Holger han fick vad han tålde. Mig jäklas man inte ostraffat med.

– Fick vad han tålde? Nu såg Konrad osäker ut igen.

– Det var inte mer än rätt det jag gjorde.

– Vad har du gjort, Gunnar? Konrad kom plötsligt på att Hjördis berättat att Gunnar suttit och skrivit vid köksbordet en natt.

– Vad jag har gjort? Jag gjorde vad jag gjorde, förtydligade Gunnar. Samtidigt kom han på att han försagt sig och nästan avslöjat sig. Jag gjorde bara klart för Holger att jag inte accepterar fler påhopp, ljög Gunnar för att släta över. 'Det var nära ögat sa han som sköt näsan av sig', tänkte han och kände sig plötsligt svettig. Han hoppade till när han hörde hur dörren till trapphuset slog igen varefter steg hördes i trappan.

Konrad och Gunnar satt allvarliga vid köksbordet när damerna kom in i köket.

– Här verkar det livat, sa Berta och tittade på gubbarna.

Hjördis försökte fånga Konrads blick för att få en vink huruvida han pratat med Gunnar, men Konrads blick gick inte att fånga. Den vek undan som på en strykrädd unge.

Gunnar kände hur vänstra ögonbrynet hoppade och han lutade huvudet mot handen för att det inte skulle synas. Han hade frågat Berta vid något tillfälle om hon ville kontrollera när han fick de där ryckningarna, men hon påstod att inget syntes, men helt säker kände han sig inte.

– Man behöver ingen mjölk i kaffet, konstaterade Hjördis när hon tog första klunken. Inget barnmorskekaffe precis.

– Vi gick förbi scoutstugan just som styrelsen gick därifrån. Dom verkade vara osams och talade om pengar som försvunnit ur kassan. Det var visst Lisette som misstänkte att någon tagit pengar, sa Hjördis nervöst.

– Folk är inte att lita på längre, sa Gunnar, tryckte upp några kaksmulor med pekfingret och stoppade dem i munnen. Konrad såg klentroget på honom och Gunnar sänkte blicken.

– Jag tycker det händer så mycket konstigt i området, suckade Hjördis med svag röst.

– Då får väl polisen utreda det på samma gång som det andra. Gunnar lät bestämd, han kände sig tryggare på något sätt efter mötet. Det fanns inga vittnen, hade någon sagt, och själv skulle han ta hemligheten med sig i graven.

Nu tittade Berta så där konstigt på honom igen. Ibland var han nästan säker på att hon kunde läsa hans tankar. Eller hade Hjördis berättat för henne? Gunnar började nervöst vrida runt skjortsnibben men slutade snabbt eftersom han visste att Berta betraktade det som en "nervös handling", som hon uttryckte det ibland.

– Jag tyckte att det kändes obehagligt när Signe föreslog att alla skulle skriva några rader för att jämföra handstilen, sa Hjördis.

– Finns det inget trevligare att tala om än det där mötet, muttrade Konrad.

– Klockan börjar bli mycket, sa Gunnar och vred sig oroligt på stolen.

– Såg ni att Ann-Louise är gravid? sa Berta och verkade plötsligt uppspelt.

– Hon har alltid sett ut som hon är gravid. Konrad tittade på Gunnar och fick en medhållande nick.

– Sådant begriper ni er inte på, skrattade Berta. Men vi kvinnor ser det nästan innan dom själva vet om det. Är det inte så, Hjördis?

– Ann-Louise vet det nog för det var rysligt vad hon var kraftig, sa Hjördis och fyllde på kaffekopparna.

– Jag tyckte det såg ut som hennes man också skulle ha barn, flinade Gunnar.

Hans skjortkrage såg ut som en propeller efter hans vridande på snibbarna.

– Det ska han ju också, sa Berta och log mot Hjördis.

– Jag menade inte så, sa Gunnar förnärmad. Jag menar att det ser ut som han själv är gravid.

– Ta det försiktigt med ölen annars kanske ni också blir gravida. Berta tittade förmanande på Gunnar och Konrad.

– Kommer du ihåg Edit i Smedstorp? Hon som bodde borta vid järnvägsstationen, undrade Hjördis och fick göra ett uppehåll för att skratta.

– Visst vet jag vem hon är. Vad är det med henne? undrade Berta och väntade nyfiket på fortsättningen.

– Hennes pojke Inge var fem år när hon blev gravid igen. Edit hade frågat honom om han ville ha en lillasyster eller lillebror. Då hade han svarat: "Gör det inte för ont vill jag hellre ha en sparkcykel".

– Sparkcykel. Ja, jädrans ungar. Gunnar skrattade högt och slog näven i bordet så det skramlade i kaffekopparna.

– Akta kopparna, Gunnar. Dom har Hjördis ärvt efter sin faster. Berta tog servetten och torkade sig i ögonen. Det gör gott att få skratta efter allt elände.

– Ett gapflabb om dagen håller doktorn borta ... eller var det kanske ett äpple, flinade Konrad brett.

Ljuset från kökslampan fick några svettdroppar på Konrads flint att blänka. Berta fick riktigt lägga band på sig för att inte ta servetten och torka honom i pannan.

– Tack för kaffet, log Berta, men vi får nog gå hem innan Gunnar slår sönder kopparna.

Damerna kramade om varandra och Konrad dunkade Gunnar i ryggen. Gunnar kände sig nöjd. Det var som om Konrad glömt det där som han hasplat ur sig om Holger tidigare.

Konrad och Hjördis följde sina grannar till ytterdörren. När de stängt om dem hörde Berta hur de ryckte i dörren flera gånger för att känna efter om den var låst. Sedan rasslade det när de häktade på säkerhetskedjan.

Som vanligt var Gunnar snabbast och hade redan låst upp dörren när Berta kommit ner. Hon förde försiktigt igen dörren och la på säkerhetskedjan. Svaga röster hördes från lägenheten mitt emot och efter två minuter släcktes den tidsinställda belysningen i trapphuset med ett dovt klickande. Ett par mopeder brummade förbi på gångstigen utanför men snart slöt sig tystnaden som ett famntag om Landstingsgatan.

Kapitel 21

Hjördis stack ut huvudet genom badrumsdörren. Hon hade tandkräm runt munnen och borstade febrilt på tänderna.

– Det var då för väl att Gunnar inte har någon annan. Hjördis tog ut tandborsten och torkade tårarna som rann ymnigt. Jag har varit så orolig ... tyckt så synd om Berta ... och så var nejlikorna han köpte till henne, och inte till någon annan. Nu skrattade Hjördis ett hysteriskt, förlösande skratt.

– Ja, Holger och Signe ska man akta sig för. Så fort dom öppnar käften rinner elakheter och lögner ut. Men Gunnar sa att Holger fick vad han ... Konrad tystnade tvärt. Han hade så när försagt sig. Fast klart, Gunnar hade själv bara gett en antydan och Konrad visste inte mer än att det verkade konstigt det hela.

– Vad schäjer du? undrade Hjördis och tittade på nytt ut från badrummet, fortfarande ivrigt borstande på tänderna.

– Jag sa bara att det är skönt.

– Vad är skönt? Hjördis tog ut tandborsten och såg frågande på Konrad.

– Att Gunnar inte har någon annan.

– Det trodde jag inte heller, sa Hjördis och torkade munnen på den randiga frottéhandduken.

– Trodde, skrattade Konrad. Nej, du trodde inte, du *visste*. Och en hel hushållsrulle har du förbrukat när du suttit vid köksbordet och gråtit. Till ingen nytta dessutom.

– Jag var rädd för alltihopa.

– Vilket alltihopa? Konrad vek ihop tidningen.

– Att det skulle bli någon fnurra på tråden mellan oss. Hjördis ögon blev blanka.

– Ja, ja. Nu är det inte så. Ska du schamponera håret eller är det tandkräm du fått i hårfästet, skämtade Konrad och Hjördis försvann snabbt in i badrummet igen.

När de krupit till sängs låg Konrad på rygg och stirrade upp i mörkret. Gunnar kunde väl inte vara inblandad i Holgers nersågade äppleträd? Det verkade osannolikt, men det fanns en gnagande oro inom honom. Gunnar var obetänksam ibland.

En kväll hade de suttit och talat om en man som kommit cyklande vid hamnen. Han hade haft en kärra med en säck potatis kopplad till cykeln. Plötsligt hade han tappat balansen och stött emot en cementbumling så att kärran med potatisen hade släppt och åkt i hamnbassängen.

Några dagar senare hade Konrad och Gunnar suttit på en bänk vid hamnen och diskuterat. Mannen hade kommit cyklande förbi och Gunnar hade ropat efter honom: "Har pantofflorna grott i hamnen?" Mannen hade blivit ilsken och hött med näven åt Gunnar. Nej, han var oberäknelig, det var han, men han menade aldrig något illa, det bara blev så.

– Det var länge sedan jag fick några nejlikor, sa Hjördis mjukt.

– Gubevars, suckade Konrad. Du ser ju själv hur det gick för Gunnar.

– Äsch. Hjördis puffade Konrad vänligt på axeln.

– Fick du inte en kexchoklad i våras kanske. Utan att det var något särskilt att fira.

– Du och din kexchoklad, skrattade Hjördis, vände sig mot Konrad och stack in sin fot under hans täcke.

Konrad grymtade belåtet och viftade med tårna.

– Jag tog av mina födelsedagspengar som jag sparat, sa Berta.

– Konrad märker ändå inget, så jag plockade ut min del från vårt konto på banken.

– Vi är allt tokiga, Hjördis.

Hjördis svarade inte utan stack in sin arm under Bertas och så vandrade de Storgatan ner mot posten. Det var som om något stort växte inom Berta. Hon kände sig modig. Men utan Hjördis hade det inte blivit någonting. Även om Hjördis var konflikträdd i vissa situationer så var hon handlingskraftig, det fick Berta tillstå.

När de betalat gick de till Thulins konditori. De ville prata igenom situationen i lugn och ro utan rädsla för att Gunnar och Konrad skulle avslöja deras plan.

– Du bara städar och städar, sa Gunnar när han såg Berta ligga på alla fyra och rota runt i garderoben. Berta stängde snabbt skolådan där hon stoppat ner informationen de hämtat på posten.

– Jag städar inte. Jag söker efter mina sandaler, ljög Berta. Hon baxade sig ovigt ut från garderoben.

– Här. Gunnar böjde sig ner till skohyllan och räckte Berta hennes sandaler, samtidigt som han gav henne en genomträngande blick.

Tre av koloniföreningens styrelsemedlemmar satt församlade i det lilla rummet som var inrymt i byggnaden med hygienutrymmena. Det var förmiddag och Ajaxdoften låg tung i luften efter morgonens städning.

– Tack för att ni kunde komma med så kort varsel, sa Asp som för ovanlighetens skull inte hade ordförandeklubban framför sig. Tyvärr blir vi inte fulltaliga, fast alla i styrelsen är kallade. Suppleanterna också.

– Har det hänt något mer? undrade Lisette och fick ett spänt drag kring munnen.

– Det räcker gott och väl som det är, sa Asp med en suck. Äppleträdet och dom försvunna pengarna ur lotterikassan.

– Men vad är det då? undrade Laila. Ska jag föra protokoll? Hon började leta i sin stora väska för att hitta en penna.

– Det behövs inte, jag vill bara diskutera en intressant sak som jag upptäckt. Asp slutade tvärt när dörren öppnades.

– Är det förmiddagsbön, sa Camilla glatt, eller planerar ni fler fester? Hon stack förföriskt ut tungan i ena mungipan och tittade pilskt mot Asp samtidigt som hon drog i urringningen på den tajta toppen.

– Det är slutfestat för säsongen, log Asp och sög in hela Camillas uppenbarelse i de stålgrå ögonen.

Camilla trippade in på toaletten. Laila och Lisette tittade på varandra och himlade med ögonen.

– Jag har gått igenom lite lappar och protokoll, viskade Asp och tittade mot den stängda toalettdörren. Jag har också sparat alla förslag som lagts i förslagslådan genom åren. Dörren till toaletten öppnades och Asp tystnade.

– Ha en bra dag, men glöm inte att gå ut i solen, kvittrade Camilla, tittade sig i spegeln och rättade till en hårtest innan hon försvann ut.

Asp satt tyst en stund som om han kände sig osäker på om Camilla skulle komma in igen.

– Dom där pengarna som försvann kan jag inte förstå, sa Lisette urskuldande som för att bryta tystnaden.

– Det är inte pengarna vi ska diskutera i dag. Asp bläddrade i en hög med papper. Den här lappen kom in i förslagslådan i fjor sommar, fortsatte han. Jag läser upp vad det står. Han puffade glasögonen längre ner på näsan. "Till kolloniföreningen. Jag önskar att föreningen sätter ut ytterligare en tunna att kasta skit i. Gunnar Andersson."

– Så vadå? Har du kallat hit oss en förmiddag bara för att läsa ett gammalt önskemål från i fjor. Laila lät irriterad och Asp såg generad ut.

– Det är inte innehållet som sådant, utan stavningen.

– Stavningen? Laila suckade tungt. Ska man nu behöva tänka på hur man stavar innan man lägger något i förslagslådan?

– Nej då, lugnade Asp. Men Gunnar har stavat koloniföreningen med två L.

– Vad är det med det? Lisette vred rastlös på sig.

– Den som hade lagt lappen i Holgers låda hade också stavat koloni med två L. Det finns också andra likheter, skriftligt sett.

– Det finns väl massor av människor som inte kan stava. Jag har stött på många som stavar koloni med två L. Ska vi kanske anlita en sådan där handskriftsanalytiker, teckentolkare eller vad dom kallas. Laila pillade irriterat på krukan med sidenblommor som stod på bordet.

– Gunnar Andersson. Lisette fnös. Det där lugna, rara paret. Inte kan du väl tro att Gunnar gjort något sådant, och varför skulle han göra det? Han struntar väl i Holgers äppleträd, jag med för den delen.

– Jag kan konfrontera honom med lapparna och se hur han reagerar. Plötsligt verkade Asp osäker.

– Vet du inte att det är straffbart med falska beskyllningar. Nu reste Laila sig häftigt.

– Vi måste få klarhet i vem det var. Annars går alla och är misstänksamma mot alla och stämningen kommer att bli dålig i området.

– Passa då också på att fråga Gunnar om det var han som tog pengarna ur kassan. Laila blängde på Asp.

– Nu är ni informerade i alla fall. Jag tänker gå vidare med detta. På ett eller annat sätt. Asp rafsade irriterat ner papperna i sin gamla svinlädersportfölj.

– Gå du vidare om du finner någon mening med det, men blanda inte in mig. Jag vill stå utanför sådant här kärringabjäfs, fräste Lisette och satte blicken i Asp.

– Som styrelseledamöter har ni ett visst ansvar. Asp såg förnärmad ut och slickade sig om läpparna som blivit torra av upphetsning.

-Ni? Jag har inte sagt ett ljud, fräste Laila. Jag vill visst medverka och reda ut saker och ting.

Lisette gav henne en mörk blick.

– Red ni ut bäst ni vill … och kan. Nu går jag. Laila gick mot dörren. Du kan meddela valberedningen att jag hoppar av styrelsen.

– Lugna dig nu, Laila. Asp såg förskräckt ut.

– Jag föreslår att ni väljer in Signe istället. Hon vet allt och hon kan allt … Sådana orakel kan vara bra att ha i styrelsen.

Dörren smällde igen efter Laila med sådan kraft att rengöringsschemat som satt i en plastficka på dörren föll ner.

Strax efter lämnade Asp och Lisette lokalen med bistra miner.

Kapitel 22

Veckan därpå kände Gunnar att allt var överstökat. Oron hade lagt sig och inget nytt hade hörts om Holgers äppleträd. Boden började bli riktig fin och det återstod endast lite målning och så dörren förstås, som skulle häktas på. Och de skulle fira med kaffe och bakelse.

Fast klart, tänkte han, 'man ska inte ropa hej förrän man är över häcken.' Han fick en fundersam rynka mellan ögonen när han tänkte det.

– Ska vi gå en promenad längs stranden ut till Tobisborg? undrade Hjördis och sträckte sig över staketet mot Berta.

– Gärna. Jag känner mig mest i vägen. Berta tittade på Gunnar.

Det var strålande solsken och det var många som cyklade eller promenerade längs gångvägen som löpte parallellt med stranden.

– En månad till så är kanske stranden full av badgäster, konstaterade Berta och gjorde en vid gest med handen mot den öde stranden.

– Jag förstår inte varför, men jag känner mig så klumpig ibland, sa Hjördis plötsligt. Har du också svårt för att snöra skorna eller dra upp och ner klänningens blixtlås i ryggen? undrade hon och gjorde en märklig böjning med kroppen.

– Nog är man stel lite här och där, men jag har ingen klänning med blixtlås där bak längre, så jag vet faktiskt inte.

– Konrads syster Majsan berättade en gång om när hon varit på konferens i Stockholm. Hon hade lånat en lägenhet av en väninna som var bortrest. På lördagen var det avslutning på konferensen med stor middag. Hur Majsan än bar sig åt kunde hon inte få upp blixtlåset i klänningen. Till slut var hon tvungen att ta kappan om sig och åka iväg som hon var. När hon kom till middagen hade hon diskret bett en arbetskamrat om hjälp.

– Det var ju tur att det ordnade sig, log Berta.

– Vänta. Du har inte hört slutet. Hjördis tog ny sats. Det blev väl en del glas vin under kvällen. Sent på natten tog Majsan taxi till lägenheten. När hon skulle klä av sig kom hon på det där eländet med blixtlåset. Hon hade vridit och snott sig runt på alla möjliga sätt utan att få av den usla klänningen.

– Hur gjorde hon då? skrattade Berta.

– Hon ringde efter en taxi.

– En taxi? Berta såg oförstående ut.

– När taxin kom rusade Majsan ner och bad chauffören hjälpa henne med blixtlåset.

Berta stannade upp och drog Hjördis i armen.

– Vad sa han då?

– Han hade skrattat och hon hade bara behövt betala framkörningsavgiften.

Damernas leenden sken i kapp med solen. Plötsligt tog Berta ett häftigt steg åt sidan.

– AKTA DIG, Hjördis. Där kommer en sådan där kamphund. Jag tycker inte att dom ska få ha sådana hundar.

Hjördis vek inte undan utan fortsatte framåt.

– Varför det?

– Dom är farliga!

– Äsch. Jag tror inte dom är så farliga som folk säger. Jag är mer rädd för sådana där små bjäbbiga, ettriga saker. Dom är opålitliga.

– Jag är rädd för kamphundar i alla fall. Berta stod vid sidan om gångstigen tills hunden med sin matte gått förbi.

– Har du tänkt på att vi är rädda för olika saker, Hjördis? Jag är rädd för hundar och du för dom där med skinnjackor. Med märken på ryggen, infogade hon.

– Det är väl skillnad. Hjördis sög på orden.

– Dom i skinnjackor bits inte i alla fall, skrattade Berta. Jag drack kaffe hos dom för ett tag sedan.

– Gjorde du. Men Berta! Det har du inte berättat.

Berta skämdes över att hon inte sagt något tidigare.

– Jag var vid campingplatsen en kväll efter att det där gänget brutit upp sitt läger vid kolonierna.

Hjördis svarade inte, det var som om hon plötsligt tappat talförmågan.

– Så är det i alla fall, klämde Berta i med bestämd röst.

Sedan berättade hon om när hon hade blivit bjuden på kaffe och att hon kände föräldrarna till en av killarna. Hon berättade också om att Signe och hennes man sett henne när hon suttit vid ungdomarnas tält och druckit kaffe.

– *Signe!* Nu hade Hjördis återfått talförmågan. Har du berättat det för Gunnar?

– Klart jag har. Nu kände Berta sig riktigt stark.

– Du är modig, Berta. Hjördis tittade beundrande på henne.

– Äsch, hundar är jag rädd för …

– Har du gjort något riktigt dumt någon gång som du ångrar? Berta granskade Hjördis medan hon talade.

– Dumma saker gör man väl jämt. Har man barn har man väl alltid sagt eller gjort något som man ångrar.

– Det har du rätt i. Plötsligt såg Berta olycklig ut. Ögonen flackade … men så log hon igen och tittade på Hjördis. Jag menar något tokigt.

– Har du det då?

– Jag tänkte i går kväll på en tokig sak jag gjorde en gång. Plötsligt började Berta skratta högljutt. Gunnar och jag hyrde en campingstuga tillsammans med goda vänner. Berit och Kalle. Dom är från Brösarp. Berta harklade sig och fortsatte. På kvällen gick Berit och jag ut på en promenad. Då märkte jag att jag hade lagt fjärrkontrollen till teven i min jackficka. Det var massor av campingstugor i området. Vi kikade in i fönstren.

– Men Berta! Hjördis såg oroligt på henne.

– Många satt och tittade på teve. Jag gick fram till ett fönster och tryckte på fjärrkontrollen och då skiftades kanalen på teven i stugan.

Nu började Hjördis också skratta.

– Fattade dom inte?

– Nej. Vi såg att dom satt och såg på en film. Dom tryckte på sin kontroll för att få in rätt kanal igen. Då tryckte jag på nytt och kanalen skiftades igen. Så gick vi runt i området och ställde till oreda i tevetittandet.

– Vuxna människor! sa Hjördis mellan skrattattackerna. Något sådant tokigt har jag aldrig gjort, inte som vuxen i alla fall. Förresten, Konrad har hört i kolonin att dom har jämfört den där lappen som låg i Holgers brevlåda med en lapp som tidigare inlämnats i förslagslådan. Handstilen stämde och det var visst något annat också … Asp skulle visst konfrontera personen som dom tror är den skyldige.

Plötsligt kände sig Berta rädd. Hon tog Hjördis i handen.

– Vad som än händer, Hjördis. Lovar du mig att vi alltid förblir vänner.

– Klart, Berta. Varför skulle vi inte vara det? Hjördis kramade Bertas hand.

De gick tysta en lång stund innan de gled in på vardagliga samtalsämnen som teveprogram, köttpriser och den annalkande sommaren.

När de kom tillbaka till kolonin satt gubbarna och drack rabarbersaft. Hjördis satte sig bredvid dem medan Berta började packa ihop.

– Jag vill hem till det där naturprogrammet, Gunnar.

– Cykla du hem. Jag stannar en stund. Jag ska måla dom sista plankorna. Sedan är det slut med jord och skit i stugan, gumman, sa han vänligt och strök Berta över axeln.

– Skönt. Jag har misströstat ibland, men nu ser till och med jag att boden snart är färdig. Du tog väl tröjan med dig? Bli inte sen. Du vet att jag blir orolig ...

Gunnar suckade och himlade med ögonen.

– Då hänger vi med dig Berta, sa Konrad. Om du inte behöver någon hjälp, förstås?

– Kör i frid, sa Gunnar och gjorde ett tecken med handen.

– Jag tror att Gunnar misstänker något, suckade Berta medan hon målade en sten. Jag brukar alltid stanna kvar i kolonin. Jag såg också hur Gunnar tisslade med Konrad och hur de tittade konstigt mot oss.

– Vi säger ingenting ännu.

Konrad hade sett lite förvånad ut när Hjördis så snart de kommit hem försvunnit ner till Berta.

Jädrans luande, hade han tänkt. Och varför hade hon jämt sin kasse med nuförtiden när hon gick till Berta?

– Det var bra broschspännen vi köpte. Superlimmet verkar också fungera, sa Hjördis nöjt medan hon limmade fast ett spänne.

– Det var bra information dom skickade. Men ändå känner jag mig osäker. Tänk om där kommer någon som vi känner.

– Den tiden den sorgen, sa Hjördis glatt.

Berta tyckte att Hjördis plötsligt blivit så kavat. Hon styrde och ställde. Inte henne emot, fast hon var sig olik.

– Jag förstår inte varför det behöver kosta så mycket. Tur Gunnar inget vet. Berta strök lim på ett spänne och tittade inte på Hjördis medan hon talade.

– Nu är det vår tur, Berta. Det är dags nu.

Berta förstod inte vad Hjördis menade men hon såg beslutsam ut och Berta tolkade hennes uttalande som något positivt.

På köksbänken hade Berta på morgonen lagt fram ett paket köttfärs för att tina. Färsen var tinad för en bra stund sedan och köttbullarna borde vara stekta vid det här laget men damerna klistrade och skrattade i takt med att limångorna fladdrade som osynliga moln över lägenheten.

Mot kvällningen satte sig Gunnar tungt på trädgårdsstolen. Efter en stund försvann han in i boden och kom tillbaka ut med en öl. Han öppnade den andäktigt och drack sedan direkt ur flaskan. Några hemligheter får man allt ha, både för Berta och sniglarna.

Det började bli ödsligt i området och Gunnar njöt av tystnaden. Han satte sig vid den vänstra sidan av stugan där solvärmen stannat kvar i väggen. En och annan kvällsflanör gick förbi och tittade nyfiket in i koloniträdgårdarna. Så såg han plötsligt Holger komma smygande i gången samtidigt som han tittade sig oroligt omkring. Han stannade vid deras grind och tittade in på Gunnars bod. Det var då Gunnar upptäckte att han hade sin uppladdningsbara motorsåg i handen. Gunnar reste sig häftigt och på samma gång som han mötte Holgers blick kom ett kvidande ljud från Holgers strupe. Inte ett ord sa han. Och inte Gunnar heller. Holger försvann snabbt från platsen. Det enda som Gunnar med säkerhet visste var att arbetslusten var borta. Han rafsade snabbt ihop verktygen och bar in dem i stugan. Ölen halsade han på stående fot utan att njuta av den. Han gömde undan ölflaskan i boden och stod kvar en lång stund som om han inte vågade lämna kolonin. Hade Holger haft för avsikt att sabotera något i deras koloni? Men han visste väl inte att det var Gunnar som skrivit lappen? Eller …

Det var många tankar som trängdes i skallen på honom när han cyklade hem. Han glömde svänga in på Stenbocksgatan utan fortsatte istället rakt fram mot Brantevik. Han märkte det först när han kom till korsningen Ehrnbergsvägen/Brantevikvägen och han svängde snabbt av och cyklade förbi Jysk bäddlager och upp till den förbannade rondellen som alltid såg så ovårdad ut.

Han kände sig andfådd och trampade med oregelbundna rörelser. Inte ett ljud skulle han säga till Berta. Det räckte att det fanns en i familjen som inte kunde sova – och precis när han trodde att allt var över.

– Här luktar något starkt, sa Gunnar innan han fått kepsen av sig.

– Det är lim, svarade Berta utan någon vidare förklaring.

Gunnar satte sig tyst i fåtöljen bredvid Berta. Nu hade hon vikt de förbannade formarna till kanelbullarna som hon brukade. Ibland retade han sig på hennes invanda rutiner.

– Vad glor du på? Berta tog ett stort bett av kanelbullen. Det finns mer kaffe i köket.

– Jag ska inget ha. Kan ändå inte sova.

– Vadå ändå?

Gunnar svarade inte.

Nu verkar han så där konstig igen, tänkte Berta och sucka-de. Det var precis som om det var något vid kolonierna. Fast det var klart, lite stingslig kunde han förstås bli annars också. När han skulle backa ut från parkeringen eller när de sprang med trätofflor i trapporna.

Gunnar gick in och la sig ovanpå sängen.

– Kom och titta vilken stor krokodil, ropade Berta inifrån rummet.

Gunnar tryckte kudden över ansiktet. Han ville varken höra eller se mer i kväll, det var den bistra sanningen. 'Då-liga människor hamnar inte i helvetet, de är redan där, det är därför de beter sig så dåligt.'

– Sa du något, Gunnar?

Mors ordspråk och aforismer brukade ge honom ro, men i kväll var det som om inget hjälpte. Han tryckte kudden hårdare mot ansiktet.

Kapitel 23

– Ska jag ta den mörka kostymen på mig, Berta?

– Tramsa dig inte. Hjälp mig att packa ner istället så vi kommer iväg.

– Men herregud, inte ska vi väl ha hela bohaget med oss? Gunnar såg förvånat när Berta packade ner finkopparna i korgen.

– Hämta den lilla bordsflaggan inne i linneskåpet, är du snäll.

– Flagga! Det är väl ingen som fyller år?

– Taklagsfest, Gunnar. Då ska man ha flagga.

– Ska vi ta med köksbordet också? Det är stort och stadigt – allt får plats, menar jag.

– Vilken bra idé, tar du bordet på cykeln? sa Berta irriterat.

Gunnar luffade trumpet in i rummet. Kvart i två stod de i hallen tillsammans med packningen. De hade kommit överens om att ta bilen eftersom det blev för mycket att släpa med på cyklarna.

Gunnar gick in i rummet och tittade oroligt ner på parkeringen.

– Hade du skyndat dig hade jag hunnit backa ut bilen

medan det var ledigt bredvid. Nu står dom kloss intill. Det ryckte i vänstra ögonbrynet och han lyfte upp handen och tryckte försiktigt mot det.

– Ska vi köra innan bakelserna surnar? Berta skramlade med nycklarna.

Gunnar var svettig och andfådd när han fått ut bilen från parkeringen. De hade bjudit Konrad och Hjördis till klockan tre.

– Vänta ska jag hålla sakerna medan ni låser upp grinden, sa Konrad när han såg dem komma släpande på all packning. Hjördis stod inne i fönstret och vinkade.

Fem i tre var bordet dukat. Berta hade lagt på en nystruken bomullsduk och placerat flaggan på bordet. Trots att hon var så rädd om sina pioner hade hon klippt av en blomma och satt i en liten vas bredvid flaggan.

– Titta, Gunnar! Konrad har tagit ner vimpeln och flaggar med den riktiga flaggan. Tror du det är för boden?

Gunnar svarade inte men såg nöjd ut.

När grannarna kom in genom grinden konstaterade Berta att Hjördis hade sin finklänning på sig. Berta var både nöjd och glad när de satte sig till bords. Hon fick beröm för den fina dukningen och hon kände sig lätt till sinnes.

– Ät som folk, Gunnar! Så gör han alltid, försökte Berta släta över. Han rullar av marsipanen från prinsessbakelsen och sparar den till sist.

– Alla har vi våra små egenheter, tröstade Hjördis. Konrad han äter runt smörgåsen.

– Runt? Berta såg frågande ut. Hur då?

– Jo, han liksom gnager av kanterna runt om först.

– Det är som jag då, sa Gunnar glatt. Då sparar du också det godaste till sist ... pålägget alltså. På tal om gott ... Gunnar försvann in i stugan och kom ut med fyra likörglas.

– Det var värst. Konrad gned sig över magen. En riktig taklagsfest. Han tittade på boden. Den har du gjort bra, Gunnar. Vad blir nästa projekt?

– Ett utedass. Så man slipper trängas däruppe. Han gjorde en nick mot hygienutrymmena.

Gunnar hällde upp likör till gästerna och Berta. När han sträckte sig fram över sitt eget glas, hojtade Berta.

– Vem har du tänkt ska köra hem?

Gunnar drog undan flaskan så häftigt som om någon försökt rycka den ifrån honom. Det var som ögonen fastnat i skallen på honom, så stilla såg de ut.

– Låt bilen stå och ta en promenad hem, föreslog Konrad.

– Aldrig i livet. Gunnar såg förskräckt ut. Det var med vemod i blicken han skruvade korken på flaskan.

– Skål! Berta höjde glaset och log mot sina vänner.

Gunnar tuggade i sig den sista marsipanbiten med tom blick. Han noterade dock nöjt att de flygande mössen höll sig borta.

– Nu måste vi inviga boden, sa Berta glatt och reste sig. Hon gick in i stugan och kom tillbaka med en sax. Kom, nu är det dags! Hon gick mot boden och de andra följde tveksamt efter.

– Vad har du nu hittat på? undrade Gunnar, men såg i

samma stund att Berta spänt upp ett sidenband tvärs över dörren till boden. Hon räckte Gunnar saxen och de andra tittade nyfiket och undrade vad som skulle hända.

– Klipp bandet då. Nu lät Berta otålig.

Gunnar tog tveksamt saxen och klippte av bandet. Berta applåderade ivrigt och de andra hakade på. Berta gick fram och slog upp dörren. Därinne stod en chokladkartong. Hon räckte den till Gunnar.

– Tack, Gunnar. Du har varit flitig. Hon kramade om honom och han stod stel som en pinne. Sedan log han, såg på chokladasken och höll hårt om Berta. I ren upphetsning kramade Hjördis om Konrad.

– Vad är det för orgier ni håller på med? Har ni inte läst i koloniföreningens stadgar? Inga orgier efter klockan tre, skrattade Camilla och Gunnar släppte snabbt taget om Berta.

– Det är tillåtet inom inhägnat område, skämtade Konrad.

– Då får man kanske vara med, fnittrade Camilla och bröstade sig fram mot grinden.

I samma ögonblick kom en ung man ledande en cykel. Han var atletisk och solbränd. Camilla tittade lystet på honom.

– Får man åka med?

Hon fick inget svar men trippade efter mannen. De försvann sedan sida vid sida neråt gången.

– Där ser ni ett kvinns som vet hur det går till, sa Konrad och damerna tittade på varandra.

Först när det börjat skymma plockade Berta av bordet. Första lagret på chokladkartongen var uppätet och Konrad hade tagit ner flaggan innan de begav sig hem.

– Vi ska kanske låta bordsflaggan vara kvar. Nästa vecka är det midsommar.

– Du gör som du vill. Det gör du alltid, Berta. Och det brukar bli bäst så.

En varm ilning for genom hennes kropp. Gunnar var inte så mycket för vackra ord – men när han sa något menade han det.

– Ta du den med körsbärslikör, sa Berta innan hon skulle stänga chokladasken. Dom tycker du är goda.

– Det gör ju du också. Därför tog jag den inte tidigare.

Berta tog chokladbiten och stoppade den i Gunnars mun och han slöt ögonen.

När allt var nerpackat, satte Gunnar in krattan i redskaps-boden. Han hängde omsorgsfullt på hänglåset och vred om nyckeln.

När de var på väg ner till parkeringsplatsen, sa Gunnar:

– Jag tror att jag struntar i det där med utedasset.

Ska vi köra ner om hamnen? Det brukar du tycka om, sa Gunnar när de körde förbi Hotell Svea.

– Gärna. Berta sträckte på sig i sätet. Klart, det är nästan mörkt, men havet är ändå alltid havet.

Gunnar körde ner vid Skillinge Fisk och sedan ner till ga-tan som fortsatte längs havet. Han stannade bilen.

– Vill du gå av och känna vindarna?

Berta svarade inte men knäppte upp säkerhetsbältet.

Sedan stod de vid varandras sida en lång stund och blicka-de ut över det mörka havet. Gunnar höll sin hand i byxfickan och Berta smög ner sin hand och höll om hans. Gunnar kramade hennes hand och de såg på varandra i mörkret.

Kapitel 24

Dagen därpå tog Konrad och Gunnar en promenad. De satte sig på en av bänkarna utanför Sankt Nicolai kyrka där de hade god utsikt över folk som flanerade förbi.

– Jag hade hoppats på att få bli begravd vid Smedstorps kyrka, sa Gunnar plötsligt. Där har Berta och jag gift oss och Mikael är både döpt och konfirmerad där. Visst är det väl lite konstigt att det finns en stor och vacker kyrka i Simrishamn och så finns gravplatserna på ett annat ställe. Vid världens ände, den ena i alla fall.

– Äsch, man behöver inte bry sig, suckade Konrad.

– Jag tänker mest på om jag dör före Berta och jag blir begravd på kyrkogården ute vid Åbackarna. Det blir långt för Berta att gå.

– Då är hon väl så gammal att hon kan få färdtjänst dit, försökte Konrad skämta. Fast det märktes att även han fått något att fundera över.

– Berta berättade att hon läst att kyrkan här är helgad åt sjömännens skyddshelgon.

– Det var inte mycket till skyddshelgon. Tänk så många

fiskare och sjömän som dukat under här ute på Östersjön.

– Det har du rätt i. Havet ger och havet tar, suckade Konrad. Fan, nu börjar vi bli gaggiga. Finns det inte trevligare saker att tala om än begravningar och kyrkor.

– 'Det är inte det att jag är rädd för att dö. Jag vill bara inte vara närvarande när det händer.' Gunnar fick lägga pannan i djupa veck för att minnas.

– Var får du allt ifrån?

– Det sitter här inne. Gunnar bankade på huvudet.

– Det var sanna ord ... och kloka.

– Mor var klok.

Just då kom Rut och Gert fram till dem.

– Här sitter ni och filosoferar, sa Gert.

– Det kan man säga. Allvarliga ämnen om begravningar och annat fanstyg. Slå er ner, sa Konrad och flyttade sig närmare Gunnar.

– Gör du det Gert, så smiter jag ner till torget och köper några plantor så länge. Rut hängde väskan över axeln och promenerade iväg.

– Den stora dagen börjar närmar sig, eller hur Gunnar? Då ska pottor, krukor och amplar fram.

– Det är inte det värsta. Det är det förbannade vattnandet. Grundvattnet sjunker.

– Ja, det känner ju du till, Gunnar.

Konrad och Gert skrattade och Gunnar vred sig generat.

– Har ni hört något mer om Holgers äppleträd, undrade Gert.

– Har Holger ett äppleträd? skrattade Konrad. Jag hörde

förresten häromdagen att Asp skulle konfrontera den misstänkte med några bevis.

– Där fanns inga vittnen, hasplade Gunnar ur sig så häftigt att Konrad tittade förvånat på honom.

Det där konstiga som Gunnar sagt en kväll, att Holger fick vad han tålde, eller hur han nu uttryckt det. Det hade Konrad funderat på till och från sista tiden. Varje gång hade han dock skjutit det ifrån sig. Det var ju helt befängt.

– Det är trist om det blir osämja i området. Gert gned oroligt sina händer.

– Våra damer hörde något om att det fattades pengar i kassan när styrelsen gick från senaste mötet. Konrad tittade ut över gatan medan han talade.

– I koloniföreningens? Gerts andhämtning ökade.

– Dom hörde inga detaljer och vi vet inte mer än så.

Ett motorcykelgäng kom lugnt körande förbi på sina stora, blanka motorcyklar.

– Är det dags nu igen. Gunnars blick mörknade.

– Dom brukar visst slå läger ute vid campingen över midsommarhelgen hörde jag någon säga, informerade Gert.

– Bara dom håller sig där ute så ...

– Någon värme är det då inte. Gert reste sig och gnuggade baken. Jag får gå och se om jag behöver lösa ut Rut. När hon handlar blommor vet man aldrig var det slutar.

Plötsligt var det som ett djupt samförstånd uppstod mellan herrarna. De hade alla erfarenhet av fruntimmer och deras sommarplantor.

– Är här främmande? Gunnar tassade försiktig in i köket när han kom hem och tittade frågande på Berta.

– Kallar du dig själv för främmande i ditt eget hem, då steg en främmande man precis in genom dörren, snäste Berta och for ut i hallen med stirrande blick och ryckte åt sig sin nyinköpta portfölj och ställde in den i garderoben. Kåldolmar blir det i dag, Gunnar. Det gillar du.

Upphetsningens rosor blommade på Bertas kinder och hon rörde ivrigt i såsen utan att våga titta på Gunnar.

– Kåldolmar tycker jag om men inte allt mystiskt som händer här. Jädrans tisslande och tasslande.

Berta svarade inte utan började duka fram på bordet. Gunnar kände sig osäker och gick in och satte sig i fåtöljen. Han blängde på stenarna som låg på bordet. Jädrans spektakel, tänkte han. Var det inte nog med allt annat märkligt som hände. Han kände sig oändligt trött.

På eftermiddagen skulle Konrad och Hjördis köra till Smedstorp. Berta stannade hemma för att baka kanelbullar och Gunnar var själv i kolonin. Han skulle röja upp efter bygget. Föreningen hade ställt ut en container inför den stundande, allmänna rengöringen av området. Gunnar passade på att göra sig av med brädbitar, rester av takpapp och annat överblivet material.

Han hade just fyllt skottkärran och var på väg till containern när han såg att Signe kom promenerande en bit bort. Hon tvekade att försvinna in på en annan gång, men insåg att det var för sent. Gunnar nickade stelt mot henne och hon besvarade hans hälsning, men såg honom inte i ögonen. 'Bästa vänner är som diamanter, värdefulla och sällsynta. Falska vänner är som löv, finns överallt', tänkte Gunnar. Han drog in från näsan och la en stor spottloska i häcken. När han en stund senare stod och stjälpte upp skräpet i containern kom Asp emot honom. Han såg allvarlig ut, men kostade på sig ett skevt leende när han kom fram till Gunnar.

– Här lyser flitens lampa ser jag, sa han.

– Det gäller att passa på när man kan bli av med bråten.

– Jag tänkte bara visa dig en sak, fortsatte Asp och föreföll plötsligt nervös.

Gunnar kände ett krypande obehag i kroppen. Det ryckte i ögonbrynet och han knep ihop ögonen.

– Visa på du, svarade han och försökte verka oberörd.

Asp plockade omständligt upp lappen som Gunnar lagt i förslagslådan förra sommaren. Gunnar läste utan att förstå vad Asp menade.

– Det tycker jag fortfarande, sa Gunnar buttert efter att ha studerat lappen ingående. Att ni borde sätta upp fler tunnor till skit. Han kände sig plötsligt lättad.

Asp stack ner handen på nytt i fickan och tog upp lappen som legat i Holgers låda. Nu slog rädslan ut i full blom och Gunnar kände hur hjärtat bultade.

– Ja, det var trist med äppleträdet, sa Gunnar och försökte vara stadig på rösten.

– Ser du några likheter? Nu hade Asp skärpt tonen.

– Båda är skrivna på papper – och med blyerts. Gunnar märkte själv hur fånigt det lät.

– Som du förstår är det av stor vikt att reda ut det inträffade.

– Jag är ingen sheriff, muttrade Gunnar.

– Som du ser är kolonin stavat med två L. Asp pekade på de båda lapparna.

– Så ska det stavas, så vitt jag vet, men jag har förstås bara gått sjuårig folkskola. Gunnar kände sig matt i kroppen.

– Så du har inget med Holgers äppleträd och lappen att göra?

– Ska det bli något förhör vill jag ha en advokat. Gunnar vässade tonen. Det hade han hört dem säga i kriminalserierna på teve.

– Jag anklagar inte dig. Men frågan är fri. Asp suckade och kände sig osäker på hur han skulle gå vidare. Det var det där med falska beskyllningar som Laila sagt, och han tyckte att Gunnar verkade uppriktigt förvånad. Kanske var han oskyldig, trots allt. Han visste att många hade svårt med stavning och på kvällen innan när han granskat lapparna på nytt, upptäckte han att det var en konstig extrasväng på K:et i den ena lappen, men som saknades på den andra.

– Du vet möjligtvis ingen annan som skulle kunna vara skyldig?

– Holger är stöddig. Det finns säkert många som kan tänka sig att jäklas med honom.

Asp visste att det varit kontroverser förut med Holger och det fanns en poäng i det Gunnar sagt. Eftersom det inte fanns några vittnen, kunde det bli svårt att komma vidare. En polisanmälan skulle knappast kunna lösa mysteriet. Det skulle dessutom bli en massa skriverier i tidningarna som skulle vara negativa för föreningen. Plötsligt log Asp mot Gunnar och stoppade lapparna i fickan.

– Ursäkta att jag upptagit din tid. Ha en bra dag. Asp lämnade platsen.

Gunnar stod som förstenad. 'Nu är det kokta fläsket grillat', tänkte han och torkade sig i pannan. Oavsett vad som hände skulle han dock stå fast vid vad han bestämt. Han skulle aldrig erkänna, *aldrig*. Varken för Asp eller Berta. Herregud, det var krig i hela världen. Vad hade då ett äppleträd för betydelse? Han fnös och slängde upp de sista brädbitarna i containern. I bortre delen stack delar av Holgers nersågade äppleträd upp som ett monument över all jävelskap det ställt till med. Skottkärran gnisslade när Gunnar lämnade platsen. Han såg Signe på nytt och hur hon smet in i en gång för att slippa möta honom.

På kvällen bjöd Berta på nybakade kanelbullar. Hon smågnolade och Gunnar tittade ömt på henne. Så reste han sig plötsligt och for ut i köket. På kylskåpet hade Berta hängt upp lappen som kallade medlemmarna till rengöring av koloniområdet. Hans blick naglade sig fast vid rubriken. "Välkomna till koloniföreningens årliga försköning av området." Ett L, konstaterade han. Då hade Asp rätt, men det betydde inte någonting, ingenting ...

– Hjördis kom inom innan dom for till Smedstorp, berättade Berta. Vi bestämde att vi ska till Tommarp på lördag och köpa sommarplantor. Om någon vill köra förstås, fortsatte hon.

– Då får Konrad haka på släpet. Jag har förresten rensat upp efter bygget så det är fint i kolonin, sa Gunnar stolt.

– Du aktade väl pionen. Den är lätt att stöta till när man släpar förbi bråte.

Tack gode Gud, tänkte Gunnar. Han hade så när vält med skottkärran i svängen men hade hunnit rätta upp den innan den föll över pionen.

– Det ska bli fint väder i morgon, konstaterade Berta nöjt när de lyssnat på väderleksrapporten. Hoppas att jag inte får en alltför tung arbetsuppgift vid rengöringsdagen, suckade hon.

– Be att få den som Signe la beslag på i fjor. Plocka papper! Gunnar fnös. Den enda uppgift som fanns kvar när Camilla skulle välja var uppgiften att skyffla tre av gångarna. Det kallar jag orättvisa.

Asp hade verkat lite osäker när han sa det där med att han ville ha en advokat. Riktigt nöjd var Gunnar över vad han sagt. Oron hade inte helt släppt taget. Visserligen var det inte så mycket oron över att han skulle pekas ut som skyldig för det som hänt. Det var mer en malande oro och dåligt samvete över att han inte sagt något till Berta. Han vände sig mot henne och strök henne över håret. Hon hade dragit täcket högt upp och bara en liten hårtuss stack upp ovanför kanten.

– God natt med dig, Gunnar.

– Vi ses i morgon, svarade han.

Kapitel 25

Som vanligt var det god uppslutning på rengöringsdagen. Alla samlades uppe vid stugan med hygienutrymmena.

– Välkomna, sa Asp myndigt. Strålande väder som vanligt. Jag har lagt en lista på bordet med dom olika uppgifterna som ska utföras. Ni kan gå fram och skriva upp er på lämpligt uppdrag. Redskap utgår jag från att ni själva har. Container är uppsatt som vanligt att kasta skräp i.

– Jag kommer att anteckna alla som slänger skit utanför tunnorna och containern. Det verkar som om det är viktigare att reda ut enskilda problem än sådant som berör oss alla, brummade Kvist.

Konrad konstaterade att Erik Kvists ansiktsfärg hade samma rödaktiga nyans oavsett om han var nykter eller berusad.

– Och så en liten överraskning, avbröt Asp. Vi har blivit bjudna till scoutstugan under en timme mellan elva och tolv. Då bjuds det som sagt på en överraskning.

– Blir det dans, sa Camilla hoppfullt till allas munterhet.

Signe försökte tränga sig före Gunnar till bordet men han puffade undan henne och högg bums tag i pennan och skrev in Berta för att plocka papper och skräp i området. Punkten hade visserligen utökats med att även plocka upp eventuellt hundbajs.

– Tack Gunnar, sa Berta när hon såg var han skrivit hennes namn. Vad vill du göra, Hjördis? undrade hon sedan.

Hjördis läste febrilt på lappen.

– Jag kan tvätta bort mossan från namnskyltarna på gångarna.

– Det blir bra. Då kan vi följas åt.

– Jag kan putsa fönstren. Rut pekade mot toaletterna.

– Då tar jag täppan runt huset, inflikade Gert.

Efter livligt diskuterande och lite tjafs kring hur de tyngre uppdragen skulle fördelas, skingrades hopen av människor och försvann bland gångarna som ett vilset lämmeltåg.

– Vi börjar längst upp, föreslog Hjördis när hon hämtat en hink vatten, en borste och en trasa.

Berta böjde sig ner och tog upp ett chokladpapper och kastade i sopsäcken som hon bar med sig.

– Man skulle behöva ha algmedel i vattnet. Hjördis gned ivrigt på en av skyltarna. Sådant brukar vi använda när vi gör rent mina föräldrars gravsten. Hon reste sig upp och såg sorgsen ut.

De vinkade när de såg Konrad och Gunnar en bit bort.

– Akta dig, så du inte river dig på grenarna, Gunnar. Du kunde ha tagit solglasögonen på dig, så inga pinnar sticker dig i ögonen. Berta stannade upp, men gubbarna promenerade vidare utan att reagera.

– Holger förärade mig inte en blick, konstaterade Gunnar.

– Hans blickar kan du väl vara förutan. Håll upp säcken,

fortsatte Konrad med en nick. De hade åtagit sig att tillsammans klippa grenar som stack ut för långt i gångarna.

– Det är väl bäst att vi beskär lite försiktigt utanför Holgers, skrattade Konrad. Annars blir vi kanske åtalade för skadegörelse.

Gunnar njöt när han såg att Signe stod och krattade runt soptunnorna. Hon blev tvungen att lyfta upp och kasta en del gamla sopor i tunnan.

– Banne mig, har hon inte hamnat på rätt ställe för en gångs skull. Gunnar såg mycket belåten ut.

Strax före elva sågs medlemmarna dra sig bort mot scoutstugan. De satte sig lite tveksamt vid borden. Lisette var glad över att Laila var på Kanarieöarna. Den människan kunde genomskåda henne, en riktig röntgenblick hade hon. Lisette hade varit utsatt för henne tidigare, så hon visste att inget gick att dölja.

Lisette kände sig illa till mods. Senast hon satt här var vid mötet när hon hade tvingats berätta att det saknades pengar i kassan. Lite skyldig hade hon känt sig eftersom hon ställt kassan ifrån sig. Men det var ju bara medlemmar närvarande och hon kunde aldrig ens i sin livligaste fantasi tänka sig att något sådant kunde hända. För att döva sitt dåliga samvete hade hon lagt dit femhundra kronor ur egen kassa. Hon hade sagt till Asp att pengarna kommit tillrätta. Sagt att hon glömt att hon stoppat ner dem i en burk i scoutstugans kök. Hon hade berättat att hon gått dit en kväll när gården var uthyrd och hämtat pengarna och lagt tillbaka dem i kassan.

Asp hade tittat tveksamt på henne när hon berättade historien och hon hade känt ett obehag.

Vaktmästare Klemens Frynt slog i gonggongen. Dörren öppnades och han kom in med en rostfri vagn fylld med koppar och assietter. Så försvann han ut i köket igen och kom snart tillbaka med ett stort fat franskbrödsbullar med skinka och prickig korv. Rut applåderade och flera andra började också applådera.

– Får jag bjuda på kaffe med dopp, sa Klemens glatt. Anledningen är givetvis först och främst att ni varit så duktiga, men det är inte bara det. När vi städade i köket för ett tag sedan hittade vi femhundra kronor i mikrovågsugnen. Eftersom ingen tycks sakna pengarna passade det bra att köpa fika för dom och göra det lite festligt och gemytligt i dag. Förvånade utrop hördes från de olika borden. Lisette studsade på stolen och såg ut som om hon svalt en myrstack. Hon mindes plötsligt att hon hade lagt fem hundralappar i mikrovågsugnen när det blivit för många stora sedlar i kassan. Hon tittade på Asp som såg ut som om han blivit dragen genom en stupränna. Milda makter, hon som sagt till Asp att hon hämtat pengarna i en burk. Och så fanns de i mikrovågsugnen. De närvarande kastade sig över kaffevagnen och lät sig väl smaka. Lisette kände sig svettig och frustrerad. På något sätt tyckte hon att det var hon som bjöd hela församlingen på förmiddagskaffe. Holger och Erna hade hållit en låg profil under dagen och arbetat själva med uppgiften att anteckna vilka som fortfarande inte hade satt ut brevlådor vid tomtgränsen. De kom inte heller till kaffebjudningen, hade sagt att de var tvungna att åka på en uppvaktning.

– Inför det stundande midsommarfirandet vill jag bara uppmana till måttlighet. I en seriös förening som vår, lämpar det sig inte med några fylleslag, sa Asp plötsligt.

– Får man ta en lättöl eller är det genomgående hallonlemonad som rekommenderas? muttrade Kvist.

– Jag lägger mig inte i vad ni enskilda dricker, jag vill bara uppmana till måttlighet, repeterade Asp.

– Jag är inte så säker på att hallonlemonad passar till sillen, fortsatte Kvist.

De församlade fnissade förläget.

– 'Abstinens är lättare att klara av än måttlighet', skämtade Gunnar.

– Vad svamlar du om? Berta tittade irriterat på honom.

– Jag tror han var tysk som sa så. Han är förstås död nu, suckade Gunnar.

– Det var kanske spriten som tog livet av honom, skrattade Konrad.

– Du är fantastiskt på att komma ihåg sådana där uttryck, Gunnar, berömde Hjördis.

– Jag hörde att dom försvunna pengarna ur kassan har kommit tillrätta, sa Hjördis mellan tuggorna.

– Det var ju för väl. Och det har inte hörts något mer om det där äppleträdet heller. Kanske det också är uppklarat. Berta såg nöjd ut.

– Efterhand som ni är klara med era uppgifter får ni återgå till era egna täppor, sa Asp. Jag utgår ifrån att ni alla vill göra fint i era kolonier till midsommar. Ett stort tack till er alla som ställt upp. Tack också Klemens för det trevliga initiativet med fikat. Det uppskattade vi alla.

De närvarande började bryta upp. Någon gick fram för att tacka Klemens medan Lisette satt håglös kvar på stolen. Asp kom bort till hennes bord.

– Du sa att du varit och hämtat pengarna? Han borrade blicken i henne.

Det gjorde jag också, ljög Lisette. Dom finns i kassan.

– Hur förklarar du då dom femhundra som Klemens hittat i mikrougnen? Är det inte ett märkligt sammanträffande tycker du?

Lisette svarade inte utan smällde in sin stol till bordet, reste sig och gick. Erik Kvist gick fram till kaffevagnen, tog en franskbrödbulle och försvann ut.

– Kan vi inte köpa en glass och sätta oss på bänkarna vid hamnen när vi cyklar hem? Berta tittade nästan bedjande på Hjördis. Jag har inte suttit där ännu i år.

– Gärna. Jag ska ha en strut ... med strössel. Hjördis slickade sig om munnen.

– Asp är lite tjatig, tycker du inte det Hjördis?

– Tja, han vill ha ordning och reda. Det tycker jag är bra. Hjördis såg plötsligt oroligt på Berta. Fast när du säger det, Berta, är han nog lite tjafsig ibland.

Nu blev Berta så där matt i kroppen igen, över att Hjördis jämt höll med om allting och inte vågade framhärda sin egen åsikt.

– Såg du som Signe tassade runt kring borden? Säkert bara

för att hon skulle höra vad folk pratade om. Berta tittade bort mot gången som om hon förväntade sig att se henne där.

– Jag har inte kunnat med människan sedan hon berättade det där för mig … Hjördis hoppade förfärat till när hon sagt det.

– Vad har hon berättat? undrade Berta nyfiket.

Hjördis reste sig häftigt och gick bort till Bertas pion.

– Pionen har blommat riktigt i år.

– Det gör den varje år, och ändå får den ingen gödning. Vad var det som Signe berättat? försökte Berta igen.

– Signe? Hjördis skrattade konstlat och låtsades att hon glömt vad hon sagt. Hon säger så mycket och man kan inte komma ihåg allt.

– Jag ska plocka fram krukorna och blomsterlådorna som vi ställt bakom stugan. Plötsligt lät Berta ivrig. Det ska bli trevligt att handla plantor på torsdag. Det spelar ingen roll att dom kallas för kärringblommor, jag har bestämt mig för att köpa tagetes.

– Det behöver du väl inte bry dig om. Huvudsaken är att man själv tycker dom är vackra.

– Då har vi gjort vår insats för föreningen, sa Gunnar när herrarna plötsligt stod vid grinden efter att ha tippat den sista bråten i containern.

– Lite retar man sig förstås på dom som aldrig ställer upp, muttrade Konrad. Dom har ändå mage att komma på festerna.

– Berta och jag har bestämt att vi ska sätta oss vid hamnen och äta en glass på vägen hem.

Gubbarna svarade inte men satte in redskapen i bodarna. Gunnar kände sig lika stolt varje gång han öppnade dörren till boden. Riktigt nöjd var han med sitt hantverk.

– Berta och jag åker till Malmö och shoppar i morgon, sa Hjördis plötsligt utan att titta på herrarna.

Berta plockade ivrigt bland blommorna med ryckiga rörelser.

– Malmö? Orkar ni cykla så långt? Gunnar satte ifrån sig krattan och skrattade stelt.

– Vi tar tåget, sa Berta försiktigt.

– Inte ska ni behöva ta tåget. Vi kan köra er. Eller hur Gunnar?

– Klart. Men det finns väl affärer på närmare håll? Hela Storgatan är full av affärer.

– Vi vill ta tåget själva. Ni är så otåliga att ha med i affärer, sa Berta.

– Ni gör som ni vill. Fast det var kort varsel. Har ni plötsligt kommit på det nu? Konrad lät anklagande.

Damerna svarade inte men tittade oroligt på varandra.

Paren parkerade cyklarna nere vid hamnen.

– Jag ska ha en strut, sa Hjördis. Vad ska du ha, Konrad? Hon rotade i cykelkorgen efter sin börs.

– Jag vill ha en Magnum choklad och nötter.

– Vad är det? undrade Gunnar.

– Den är god, försäkrade Konrad. Nötter och choklad.

– Då tar jag också en sådan, Berta.

Gubbarna slog sig ner på en av bänkarna och damerna gick fram till kiosken och handlade.

När de kom tillbaka tog Berta sin jacka ur cykelkorgen och bredde ut den på bänken.

– Sätt dig på jackan, Hjördis, sa hon vänligt. Det är ingen värme.

Så satt de där alla fyra. Konrad och Gunnar med var sin Magnum medan damerna lyriskt åt på sina strutar med strössel.

– Fan, sa Gunnar plötsligt.

Berta for upp och dunkade honom i ryggen.

– Du satte väl inte nötterna i halsen? Hon såg skräckslagen ut.

– Lugna ner dig för böveln. Gunnar vände sig mot Konrad. Fan, vi har glömt att så pumpor.

– Herregud, skrattade Konrad. Hur har vi kunnat glömma det! Men klart, det har varit lite körigt sista tiden. Men det är inte försent ännu. Eller?

– Ja, skit i en förtret, det kommer snart fler. Och vi hinner säkert skörda dom ändå innan frosten kommer, skämtade Gunnar, slöt ögonen och tog ytterligare ett nafs på sin Magnum.

– Det passar bra, sa Berta, då kan vi passa på att köpa fröer när vi ändå ska till Tommarp på torsdag.

– Jag tror inte att vi har planteringsjord så det räcker, sa Berta och sög underst på struten där glassen börjat droppa.

De satt tysta en lång stund och såg på allt folk som flanerade förbi. En flock skräniga fiskmåsar kalasade på ett korvbröd som låg på marken. Några segelbåtar styrde in mot gästhamnen samtidigt som ett par fritidsfiskare gav sig ut i sina båtar.

– Du får kontrollera dig noga i kväll, Gunnar, så du inte fått några fästingar på dig, sa Berta oroligt. Ni har röjt bland grenar. Där sitter de små elakingarna.

Berta mindes när hon berättat för Hjördis om Gunnars borrelia och hur sjuk han varit. Den gången hade Hjördis tagit båda hennes händer i sina och tittat allvarligt på henne. Det hade varit en stund av djupt deltagande och Berta hade sparat den stunden inom sig.

Berta torkade munnen på näsduken och klappade Hjördis vänligt på benet och log.

Det började duggregna men det var som om ingen ville bryta upp. Först när regnet börjat tätna och blåsten tog i försvann de bort över hamnplanen.

Nu har Berta stängt dörren till rummet igen och står och babblar i telefonen, tänkte Gunnar och stirrade genom glasrutan i dörren. Berta vände sig om så hon stod med ryggen emot. Var det Hjördis? Men herregud, de hade nyss skilts åt. Han skulle minsann ta ett allvarligt samtal med Konrad. Det kändes fånigt att damerna smög runt och hade en massa konstigheter för sig och höll dem utanför.

– Var det bra med Hjördis? undrade Gunnar förargligt när Berta öppnade dörren.

– Hur ska jag kunna veta det? Berta snurrade ivrigt förklädessnibben runt fingrarna.

Jaså, det fanns fler inblandade, tänkte Gunnar och gick in i rummet. Framme vid det lilla telefonbordet låg ett block som Berta antecknat i. Gunnar lyfte blocket. ”A-36”. ”Klockan

10.00–17.00", läste han. "Namnbrickor". Underst stod något som han inte kunde tyda.

Den natten hade Berta svårt att sova. Gunnar hade tittat undrande mot henne hela kvällen utan att säga ett ord. Men hans blickar kändes besvärande. Berta hade inte vågat sätta fram portföljen och det andra bagaget. Hon hoppades att Gunnar och Konrad skulle köra iväg till kolonin innan de gav sig iväg.

Gunnar hade inte sagt: "God natt Berta, vi ses i morgon". Han hade legat stelt på rygg och tittat upp i taket.

På matrumsbordet var stenarna borta och den lilla hand-broderade löparen pålagd. En svag doft av superlim låg kvar i lägenheten.

Kapitel 26

– Det är fint väder. Ska du inte till kolonin i dag? undrade Berta vänligt på morgonen.

– Bäst att först se till att ni kommer ordentligt iväg. Gunnar släppte inte Berta med blicken. Jag kan köra er till stationen om ni vill.

– Nu har Hjördis och jag bestämt hur vi ska ha det, och då blir det så. Berta försökte verka bestämd, men blicken flackade hela tiden mot garderobsdörren där bagaget stod packat.

Gunnar tittade på Berta över tidningskanten när de åt frukost. Hela morgonen hade Berta känt hans blick, var hon än befann sig. Hon tittade på klockan titt som tätt och bara önskade att den skulle bli åtta då Hjördis lovat komma.

Kvart i åtta stod Berta färdigklädd i hallen med beige poplinkappa och den grönblommiga scarfen omsorgsfullt knuten kring halsen. Gunnar satt i fåtöljen inne i vardagsrummet med en tidning uppslagen. Han hade flyttat ut fåtöljen en bit från bordet så han kunde ha uppsikt över Berta. Något fanskap hade damerna för sig, det var han övertygad om. De hade väl aldrig varit i Malmö och handlat själva tidigare. Egentligen visste han inte om han ville veta vad de hade för sig. Han kände sig plötsligt ensam och utanför på något sätt.

Prick klockan åtta ringde Hjördis på dörren.

– Hej då, Gunnar. Berta ryckte snabbt ut portföljen och shoppingvagnen från garderoben samtidigt som Gunnar kastade ifrån sig tidningen.

– Skulle ni inte komma hem i kväll? undrade han och tittade storögt på portföljen och shoppingvagnen.

– Vi kommer förmodligen med tåget kvart över åtta, svarade Berta snabbt utan att möta Gunnars blick. Ha det bra, fortsatte hon samtidigt som hon stängde dörren.

När Berta och Hjördis drog iväg med sina kärror över parkeringsplatsen stod Gunnar och Konrad på balkongerna. Båda stirrade tomögt på ekipagen som sakta drog iväg mot järnvägsstationen.

En stilla bris från havet fick ampeln med penséerna att gunga och Gunnar satte sig trött på Bertas rottingstol i balkonghörnet. Han kunde känna Bertas värme i den rödblommiga dynan. Nu blev saliven så där varm igen. En citronfjäril fladdrade runt bland Bertas blommor och han slöt ögonen. Inne i rummet fanns bara tystnaden och märkena på mattan där fåtöljen tidigare stått.

Två minuter över halv nio steg damerna på tåget med sin packning. De satte sig på de tvärgående sätena där de kunde ha sitt bagage framför sig. De åkte ofta tåg till Smedstorp och var inte oroliga för tågresan. Men inför var de skulle hoppa av tåget kände Berta en stor olust. I sista sekund hade Hjördis uppmärksammat att mässan flyttat ut till Hyllie. Malmö

Central kunde man inte missa, men Hyllie ... det hade hon aldrig hört talas om.

Berta tittade försiktigt när tåget stannade på Smedstorps järnvägsstation. Hon var orolig att någon bekant skulle hoppa på.

– Du berättade väl inget för Konrad? Berta tummade nervöst på shoppingvagnen.

Tåget ryckte och det skramlade av småmynt i vagnen.

– Han åt ingen frukost. Låg kvar i sängen och glodde i taket. Hjördis lät själv förvånad när hon berättade det.

– Som det kan bli, fnissade Berta. Nog undrar dom alltid. Hon klappade Hjördis på knät.

– Kan du fatta att vi är på affärsresa, sa Hjördis allvarligt och en ung pojke tittade klentroget på de båda damerna men fortsatte sedan att knappa på sin mobiltelefon.

– Ska vi ta på brickorna innan vi kommer dit, undrade Berta och tittade på klockan.

– Annars kommer vi kanske inte in. Hjördis rotade runt i väskan.

Ju närmare Malmö de kom, desto tystare blev de.

Berta slöt ögonen. Våren hade varit omtumlande. Det hade hänt så mycket. Det där i kolonin skulle säkert ordna upp sig, tröstade hon sig. Detta kändes på något sätt större än ett äppleträd. Att sitta här med Hjördis på tåget, på väg till Malmö. Hon öppnade handväskan och tog upp namnbrickan: "A-36".

Hjördis sneglade mot Berta. Hon var så söt när hon log. Undrar vad hon tänker på? Chaufförskan Andersson. Nu log Hjördis också och gav Berta en varm blick. Snickerinnan Kron, eller vad man nu skulle kalla henne. Äsch, det var bara på doktorinnor det passade.

– Nästa station Malmö Syd, Malmö Syd nästa, ljöd det i högtalaren.

– Jag tror det här tåget fortsätter till Köpenhamn, sa Hjördis och knycklade oroligt ihop biljetten till en liten boll.

– Hu, sa Berta och ryckte ner kappan från hängaren.

Nu kände hon hur modet rann ur henne. Ångrade sig gjorde hon förstås inte, men hela situationen var så overklig och samtidigt lite skrämmande. Att Hjördis bar sig nervöst åt gjorde inte saken bättre.

– Mår du bra, Berta? undrade Hjördis plötsligt.

– Jag känner mig trött, svarade hon tyst.

– Trött? Din tok, vi har inte kommit fram ännu.

– Äsch, skrattade Berta förläget.

När tåget närmade sig Malmö Syd stod damerna redan beredda med sin packning vid utgången mot perrongen och höll sig krampaktigt i handtagen.

Efter några minuter samlades fler resenärer runt dem.

– Är detta Hyllie? frågade Hjördis en man när tåget stannade.

– Nej, svarade mannen kort och ointresserat utan att titta på henne.

Damerna drog vagnarna åt sidan för att släppa fram passagerarna som skulle stiga av på stationen.

– Nästa är Svågertorp och sedan är det Hyllie, sa en vänlig dam som hört deras fråga.

Bertas scarf hade glidit upp och hon försökte puffa ner den i kappan samtidigt som hon tittade på Hjördis.

– Vi är snart framme, tröstade hon, samtidigt som nya resenärer trängde sig in.

Tåget ryckte till när det startade på nytt och damerna balanserade tysta med ena handen om handtaget vid utgången och den andra om väskorna.

– Tror du gubbarna är i kolonin? undrade Hjördis och i den stunden önskade Berta att hon också var där.

– Jädrans ståhej, suckade Gunnar. Förstår inte vad dom skulle med allt bagage. Det brukar vara tvärt om. Har man varit och shoppat är det väl tillbaka hem det finns bagage.

Konrad skrattade.

– Det blir inte mycket bagage med hem. Hjördis ville bara ha femhundra kronor med sig. Bankkortet vill hon aldrig ta med sig.

Herrarna kände sig rastlösa. De satt på Gunnars balkong och hade bestämt sig för att strunta i kolonin. Arbetslusten ville inte infinna sig. Mikael hade ringt på förmiddagen för att fråga Berta något. Han hade låtit förvånad när Gunnar berättat att hon tagit tåget till Malmö.

– Jag tror inte dom ska shoppa, sa Gunnar plötsligt. Det är något annat.

– Vad skulle det vara?

– Inte vet jag, och det retar mig. Men det har tisslats och tasslats den senaste tiden. Brev, telefonsamtal och annat fanstyg.

Konrad hade tänkt fråga vad "annat fanstyg" var, men han iddes inte diskutera mer. Något svar skulle de ändå inte få. Han hade också tänkt fråga Gunnar om det där med Holger men struntade i det också. Det var rörigt nog som det var.

Så föll tystnaden. Även nere på gården var det tyst och lugnt. Inga mopeder och inga lekande barn. Det var som om hela Landstingsgatan höll andan. I krukorna slokade blommorna. Ett omen om att allt inte stod rätt till, tänkte Gunnar.

Kapitel 27

– Oj så stort, flämtade Berta när de äntligen efter promenaden från hållplatsen stod på parkeringsplatsen vid Malmös mässcenter. Deras blickar stirrade på den stora skylten: "Hantverk från naturen". Damernas kärror gnisslade när de med osäkra steg gick mot den stora entrén. De stannade upp och tittade sig omkring när de kommit in i mässhallen.

– Där är informationsdisken! ropade Hjördis och skyndade på stegen.

Berta knep ihop ögonen. Det var ett rysligt sorl av människor och högtalaranläggningar som försökte överrösta varandra.

Den trevliga mässvärdinnan hälsade dem välkomna och gav dem en karta över mässområdet. Damerna irrade hjälplöst i gångarna och läste på skyltarna. Berta höll mässkartan i handen och vred den ömsom åt ena hållet, ömsom åt andra.

– Där! ropade Berta och drog Hjördis i kappärmen. A-36!

När de kom fram till bordet stod de först handfallna en stund. De hälsade artigt på dem i montrarna bredvid. Berta öppnade sin shoppingvagn och tog upp en vacker, beige linneduk som hon bredde ut över bordet.

Efter en stund hade damerna radat upp sina broscher på var sin halva av bordet. Berta hade satt upp en cigarrlåda med växelpengar. Hjördis hade sina i ett vackert smyckeskrin. De hade hängt sina kappor över stolarna som tillhörde montern. Hjördis hade gjort en vacker skylt där det stod: "Handmålade broscher på havsslipade stenar från Österlen".

– Skylten är rysligt vacker, berömde Berta.

– Äsch, det är inget konstigt med den, svarade Hjördis förläget.

Hjördis hade också gjort en skylt med priser. Ja, de hade diskuterat länge hur mycket de skulle ta betalt för broscherna. Även om de tyckte det lät mycket hade de bestämt sig för hundra kronor. De hade ju kostnaden för monter och resa och även om de förstod att det inte skulle gå ihop, ville de i alla fall ha en del av kostnaderna täckta.

– Vilka vackra broscher. Damen i montern bredvid kom fram till deras bord och började plocka runt bland broscherna.

– Stenarna har vi plockat på stranden, sa Berta stolt.

– Den där vill jag gärna köpa, fortsatte damen och höll upp en av Bertas broscher. Hon räckte fram en hundralapp och fortsatte, ni borde ta mer betalt. Det är för billigt.

– Materialet kostar inte så mycket. Hjördis strök med handen över duken.

– Hantverk är dyrt. Man ska ta betalt för sitt skapande också.

Snart stod en strid ström av intresserade och plockade på bordet.

– Jag har en present- och hantverksbod på Österlen. Jag vill gärna sälja era broscher där. En lång mörkhårig dam i lila cape tittade forskande på damerna. Har ni något visitkort? Det är lite rörigt att diskutera här, sa hon i samma stund som en ettrig kvinna banade sig fram till bordet. Först hade Berta tänkt säga att de glömt visitkorten hemma. Men hon öppnade istället sin nyinköpta portfölj och plockade upp ett block.

– Skriv ert telefonnummer här så hör vi av oss, sa Berta kavat. Vi kan vara lite svåra att få tag på. Hon bävade för att Gunnar skulle svara om damen ringde. Hjördis och hon fick allt diskutera i lugn och ro först hur de skulle gå vidare. De hade sett det som en engångsgrej men blev överväldigade av intresset för deras alster.

– Har du ont i ditt knä? undrade Berta när hon såg Hjördis plågade blick.

– Inte så farligt, men jag behöver kissa, viskade hon.

Berta vek genast upp skissen över mässområdet och pekade på toaletterna.

– Jag kan passa din väska och kassaskrinet, sa hon vänligt i samma stund som en ny kund räckte fram en brosch som hon ville köpa.

Efter en stund kom Hjördis tillbaka på lätta steg och Berta vinkade glatt åt henne.

– Kaffe? Hjördis räckte Berta en pappersmugg.

– Åh, så gott. Vi har varken hunnit äta eller dricka. Hon tog tacksamt emot kaffet.

– Det finns en matservering där borta också. Vi får väl skiftas om att gå dit senare, föreslog Hjördis.

– Kan ni hålla upp varsin brosch, medan där finns några kvar, sa en vänlig skäggprydd man och riktade en kamera mot dem.

Damerna blev så överrumplade att de gjorde som han sa.

– Titta, Hjördis. Cigarrlådan är nästan full av sedlar. Berta tryckte på locket.

– Tänk vad Gunnar och Konrad måste vara stolta över er.

Berta och Hjördis studsade till och såg in i Ulla Anderssons vänliga, blå ögon.

Berta hade så när sagt att männen inget visste, men istället nickade hon bara vänligt mot Ulla. Hon bodde också på Landstingsgatan och de hade stött på henne någon gång i tvättstugan.

Innan mässan stängde var alla broscher slutsålda. Damerna satt trötta på stolarna med ett nöjt leende på läpparna. De hade lagt ner kassaskrinen i shoppingvagnarna där även deras handväskor nu fick plats.

– Egentligen skulle jag vilja gå en tur och titta på allt det vackra som dom andra montrarna dukat upp, men jag gitter inte, fnissade Berta.

– Så här trött har jag inte varit sedan jag låg i Hervor Allanssons betstycke och hackade, skrattade Hjördis. Visst var det lyckat, Berta?

– Ja, Gud sig förbarme – och så mycket pengar vi har. Kanske vi ska bjuda gubbarna på pizzerian? Emellanåt när det varit lite lugnare i montern hade de diskuterat huruvida de skulle berätta hur allt låg till när de kom hem. De hade dock kommit överens om att vänta till efter midsommar. De behövde först själva diskutera. Det där erbjudandet från damen om att sälja deras alster i hennes butik brände i väskan.

En del tittade lite roat mot damerna som satt utslagna på var sin stol i den tomma montern med sina shoppingvagnar. Högtalarna ekade hela tiden men sorlet av människor började avta.

– Det har varit spilltid hela dagen, skämtade Gunnar. Inte något vettigt har vi gjort.

– Nu kommer dom snart. Konrad lät glad och tittade på klockan. Tio över åtta, konstaterade han. Redan strax före klockan åtta hade Gunnar och Konrad stått på järnvägsstationen i Simrishamn och väntat på sina fruar.

– Tur du tog bilen, Konrad. Dom har väl handlat upp hela stan. Gunnar lät inte säker på rösten.

I samma stund rullade tåget in på stationen. De sträckte på sig och följde med ökad oro alla passagerare som gick av. När tåget och perrongen var tom stod de fortfarande kvar och sa inte ett ord till varandra, inte ett ord.

När Konrad parkerade bilen på Landstingsgatan stod damerna på Berta och Gunnars balkong och vinkade.

– Där är dom! utropade Gunnar lättat men i samma sekund kom irritationen över honom och han var nära att säga, där står de fanskapen.

Det fanns mycket som herrarna ville diskutera denna kväll. Men inte ett ord nämnde damerna om sitt ärende i Malmö.

De hade fått skjuts hem av Ulla Andersson och hennes man Sture. När Gunnar flyttade shoppingvagnen åt sidan förundrades han över att den var så lätt. Pengarna hade Berta och Hjördis gömt undan på ett säkert ställe. Det hade de gjort med andra saker också tidigare. Problemet var bara att ställena varit så säkra att de inte själva hittade sakerna igen.

Berta åt en smörgås efter att Konrad och Hjördis gått upp till sitt. Inget tevetittande blev det, utan sängen direkt. Den hade hon längtat efter de senaste timmarna. Gunnar hade blängt mot hennes nyinköpta portfölj varje gång han gick förbi.

Trots tröttheten hade Berta svårt att somna. Fötterna värkte och högtalaranläggningen dånade fortfarande i hennes huvud. Femtio gånger hundra kronor, suckade hon och smackade nöjt.

På morgonen när Berta la dagstidningen på köksbordet slog rubriken och bilden emot henne:

"Äldre Simrishamnsdamer gjorde succé på mässa i Malmö". Hon skulle precis börja läsa när telefonen ringde. Hon gömde snabbt tidningen på stolen, sköt in den under bordet och rusade in för att svara.

– Andersson ... Hej Mikael ... Tack det var rart sagt. Gunnar vet inget ännu, viskade hon ... Ja, ja, jag ringer senare.

Just då kom Gunnar förbi och tittade nyfiket på Berta.

– Vem var det?

– Mikael.

– Mikael? Han ringer väl aldrig så tidigt. Gunnar inväntade inte svar utan fortsatte ut i köket. Berta stod lamslagen kvar vid telefonen. I den stunden ångrade hon att de inte berättat tidigare för Gunnar och Konrad om sitt "projekt", som Hjördis och Berta skämtsamt kallat det.

– Har du tagit tidningen, Berta?

Hon ville ringa Hjördis så att alla var samlade när avslöjandets stund var inne. Men nu var det som det var och hon gick ut i köket och la tidningen framför Gunnar.

Köksklockan tickade och Berta hörde hur de spolade på våningen ovanför.

– Vi skulle berätta, började Berta ynkligt. Vi ville överraska er och bjuda på pizza.

– Pizza. Gunnar spottade ut ordet samtidigt som han tittade på artikeln. Trodde ni att ni skulle kunna tjäna ihop till pizzor på några stenar ni plockat?

Nu kände Berta sig förorättad. Hon tvekade en stund men gick sedan med raska steg in i rummet och plockade fram cigarrlådan från linneskåpet.

– Nog ska det räcka till pizza alltid. Berta slängde bunten med sedlar framför Gunnar.

Han sa inte ett ljud. Blicken vandrade mellan sedelbunten och artikeln.

– Det räcker säkert till både pizza och Magnum, skrattade han generat.

– Är det allt du har att säga?

– Ja, vad ska man säga?

– Att vi varit duktiga till exempel.

– Ni är alltid duktiga. Men det känns liksom genant på något sätt.

– Genant, fnös Berta.

– Att alla får veta menar jag.

– Det är väl bra att man är handlingskraftig. Berta var stolt. Hon ryckte tidningen från Gunnar och läste sedan varje ord i artikeln.

– Ser du kön framför vår monter? Berta vände tidningen mot Gunnar.

– Det var som attan.

Just då ringde telefonen på nytt. Så höll det på hela förmiddagen. Det var förvånade släktingar och vänner som ringde när de sett artikeln.

Nog var Berta nöjd alltid. Tänk att börja arbeta när man är sjuttiotvå, tänkte hon stolt.

– Dom drar kanske in pensionen för er, nu när ni tjänar egna pengar, skämtade Konrad när paren träffades senare på dagen. Men han var stolt över dem, det hade han fått tillstå.

– Eller skattmasen jagar er om ni inte betalar skatt på pengarna, klämde Gunnar in.

– En dam vill sälja våra broscher i sin affär, sa Berta stolt.

– Något jäkla rännande i lägenheten vill jag inte ha, sa Gunnar bestämt.

– Hon ska sälja dom i sin affär, sa jag ju. Berta drog irriterat handen genom håret.

– Ni ska kanske skaffa er en industrilokal och anställa folk? Konrads röst lät osäker.

– Jag måste gå och klippa mig i eftermiddag, sa Gunnar plötsligt och drog undan en test som glidit fram vid örat.

– Har du kontanter? Annars kan du få låna av mig. Berta studsade till. Lite för kaxig tyckte hon själv att hon lät, men Hjördis skrattade.

Trots stoltheten tyckte Gunnar och Konrad att det kändes lite konstigt, ja till och med lite snopet, att damerna tjänade egna pengar.

Kapitel 28

Midsommarafton kom med strålande sol. Sädesfälten som rutade in Österlen som ett lapptäcke vajade svagt i vinden. Längs vägrenen och på fälten sågs familjer gå och plocka vallmo och vilda blommor till kvällens midsommarfirande.

I koloniområdet förbereddes fest i många av stugorna. En del hade klätt midsommarstången och andra hade satt ut stora urnor med blåklint, vallmo och prästkragar utanför sina grindar.

Berta tyckte det var tillräckligt med alla sommarplantor som hon planterat. Herrarna hade varit ovanligt tålmodiga när de varit i Tommarp och handlat. Både Gunnar och Konrad hade köpt pumpafröer och på eftermiddagen hade alla fyra planterat och sått i sina täppor.

Berta satte den lilla flaggan på bordet. Hon hade låtit den stå kvar i kolonin sedan taklagsfesten. Det kändes trist att Konrad och Hjördis firade midsommar i Smedstorp.

Berta var emellertid glad över att Mikael, Mona och barnbarnet plötsligt dykt upp i kolonin en dag och de hade stolt visat dem både boden och alla blommor. De hade fått beröm och när de gick fick Berta en varm kram av Mikael. Hon hade visat Mona en av broscherna hon gjort och Mona hade verkat riktigt imponerad och sagt att hon önskade sig en så-dan i present. Gunnar och Berta hade blivit bjudna till dem kommande helg när Louise fyllde år, vilket de såg fram emot.

Berta hade redan huvudbry över vad de skulle köpa i present. Helst skulle hon vilja börja samla på koppar och bestick åt flickan, men förstod att det var helt andra saker som stod på barnbarnets önskelista. När Berta blev nervös snurrade hon alltid runt olika saker på sitt finger. Nu stod hon där bland blommorna och tänkte på presenten till Louise. Hon hade just varit på toaletten och höll nyckeln på sitt finger och vevade runt. Just som hon fått upp farten på nyckelringen gled den av fingret och for ner i ett hål vid husgrunden. Gun-nar hade nyligen grävt hålet för att dränera, men han hade inte fyllt upp med dräneringsgrus ännu. Berta böjde sig ner med stort besvär för att försöka hitta nyckeln.

– Håller du på att dränera? undrade Gunnar när han såg henne. Av hans resignerade blick framgick dock att han ana-de att det var något problem.

– Jag tappade toalettnyckeln, sa Berta olyckligt.

– Tappade! fnös Gunnar. Du har väl svängt runt med nyck-larna som vanligt. Ja, jag får väl bygga ett utedass så man kan uträtta sina behov när du slungar iväg toalettnycklarna.

Berta sänkte blicken. Det var inte så länge sedan hon svängt runt med nycklarna och de farit upp på taket. Den gången hade Gunnar så när tappat tålamodet. Fast det värsta var nog den kvällen hon varit nervös över något och vevat runt med cykelnyckeln. Det hade börjat skymma och Berta trodde att den farit in i grannens trädgård. Gunnar hade letat med ficklampa, men mörkret hade fallit snabbt och de fick ge upp. Den kvällen väntade Gunnar inte på henne, utan cyklade hem före. Hon fick spatsera ensam genom stan och hade känt sig olycklig.

Gunnar la sig irriterat på knä.

– AKTA DIG! Berta tog tag i hans byxben. Jag håller i dig så du inte faller ner.

– Faller ner! Gunnar reste sig och tittade på henne med vass blick. Nog för att jag är mager och eländig, men risken att falla ner i ett hål som mäter femton gånger femton centimeter i omkrets, tror jag inte kan utgöra någon dödsfara för mig.

Berta tummade ändå nervöst på skärpet när han på nytt la sig på knä och rotade runt i hålet. Efter en liten stund reste han sig och slängde över nyckeln till Berta.

– Tack, log hon generat.

– Du har inte funderat på att ställa upp i OS? undrade Gunnar. Slungboll är en gren som du borde ha goda chanser i.

Berta fick vända bort ansiktet för att Gunnar inte skulle se att hon kvävde skrattet. Hon var inte säker på att det var läge att skratta. Berta hängde in nyckeln på kroken och Gunnar försvann bakom stugan. Berta bestämde sig för att kratta utanför koloniträdgården. Det skulle bli fint till kvällen. Hon visste att många skulle strosa runt i området i den ljumma sommarkvällen.

Hon vände sig om när hon hörde högljudda röster en bit bort.

– Men titta! Är det inte Berta som gör midsommarfint. Vi har suttit och väntat på kanelbullarna som du lovade komma med.

– Hej Jörgen, sa Berta glatt och satte ifrån sig krattan. Jaså, det är till att campa igen?

– Bara över helgen, svarade Göran, den skinnklädde ynglingen med ring i örat.

– Jag har inte glömt bullarna, försäkrade Berta. Det har bara inte blivit av. Men jag kommer en dag.

– Du är för häftig, Berta. Jörgen hade en bukett blommor i handen. Vi ska på midsommarfest till goda vänner i stan. Tänkte det var bäst att låta motorcyklarna stå kvar på campingen.

Berta såg att Gunnar försiktigt kikade fram vid husknuten. Ibland är han pinsam, tänkte hon. Istället för att gå fram och hälsa som vanligt folk. Nu lutade han sig så långt fram att hon var orolig att han skulle falla ut i rabatten.

– En midsommarblomma till en rar tant, sa Jörgen. Han bröt en prästkrage ur blombuketten och satte den bakom Bertas öra.

Bertas kinder glödde. När hon vände sig om mot stugan såg hon att Gunnar snabbt drog tillbaka sitt huvud.

– Jag ska inte glömma bullarna, skrattade Berta när de fyra ungdomarna försvann in mot stan.

– Du gör dig till åtlöje, sa Gunnar när han kommit fram från sin utkiksplats.

– Tack detsamma, fräste Berta.

De talade inte med varandra på en lång stund. Gunnar var

ryckig i sina rörelser som alltid när han var irriterad.

– Är det inte dags för sill och potatis snart, sa han vänligt efter en stund. Han var inte långsint och Berta märkte att han lagt ungdomarnas besök bakom sig. Och inte ett ord mer sades om händelsen. Inte ett ljud …

Även om det fortfarande var ljust, hade Berta satt en liten lykta med värmeljus på bordet. De hade varit överens om att bara släpa med sig det allra nödvändigaste, som matjessill, gräslök och gräddfil. Givetvis hade hon kokat ett par ägg också och skurit några skivor av det grova brödet.

– Det ser gott ut, Berta.

De hade en trivsam stund tillsammans. De talade om hur mycket Hjördis och Konrads vänskap betydde för dem och hur glada de var över sin kolonilott. Gunnar tog två snapsar till sillen och hade säkert gärna tagit fler, om inte Berta skruvat korken på flaskan.

– Då är det väl dags att vattna pumpafröerna och dom förbannade sommarblommorna, skojade Gunnar medan Berta bar in i stugan. Smöret, snapsen och en liten skvätt gräddfil som blivit över la hon i cykelkorgen för att ta med hem. Resten skulle de ta kommande dag när de hade bilen med.

– Visst låter det trevligt, sa Berta när någon sjöng snapsvisor i en stuga en bit bort.

– Vi kunde ju också sjungit. Gunnar rufsade skämtsamt om Berta i håret. Har du din cykelnyckel, eller har du svängt iväg med den i dag också?

Innan de gav sig iväg hem stannade de i gången och tittade nöjt in i sin koloni.

– Riktigt grant är det, sa Berta nöjt. Tagetesen också, sedan får andra säga vad dom vill.

På bordet inne i stugan hade Berta lagt prästkragen hon fått av Jörgen på ett fat med vatten. Hon hade ställt den lilla flaggan vid sidan om och hon hade vänt sig om flera gånger och tittat mot bordet innan hon låste dörren.

– Det blev ju en trevlig kväll, trots nyckeln, fnittrade Berta.

– Inte en gång till, det säger jag bara, sa Gunnar med låtsasbarsk röst. Då kommer jag att snickra ett utedass. Och det ska *inte* vara ute. Jag ska bygga det inne i stugan.

– Hu. Berta gjorde en grimas.

– Nu vet du vad som gäller. Tror du dom har sovit över i Smedstorp? Gunnar gick bort till fönstret och tittade ner mot parkeringen.

– Konrad är nattramlare det borde du veta vid detta laget. Vill du ha en kopp varm choklad innan vi lägger oss? Det lugnar magen, sa Berta.

– Min mage är lugn … men en kopp choklad hade smakat bra.

De satte sig i fåtöljerna och Gunnar tryckte runt på de olika tevekanalerna. Med jämna mellanrum gick han bort till fönstret och kikade ner på parkeringen.

– Hu, det är bara våld och elände på teve, konstaterade Berta.

– De kunde gott köra några Åsa-Nisse-filmer i repris tycker jag.

– Smaken är olika. Berta drack försiktigt ur den varma muggen.

– NU KOMMER DOM! skrek Gunnar och pekade ner mot parkeringen.

Berta hoppade till och skvätte ut lite choklad på bordet.

– Herregud som du skriker. Det är värre än om dom kom hem från en jorden-runt-resa. Dom körde klockan sex. Det är ju nästan som när vi satt och väntade på att Mikael skulle komma hem, sa Berta och satte muggen ifrån sig.

– Det var jag som väntade på honom. Du hade alltid klart för dig att något hänt och att han aldrig skulle komma hem igen.

– Äsch. Berta reste sig och gick bort till fönstret. Hon såg glad ut. Ska vi bjuda dom på en kopp choklad?

– Är du tokig. Klockan är mycket.

Berta insåg att han hade rätt och satte sig på nytt i fåtöljen.

Gunnar fick in en gammal film på teven som de slötittade på medan de drack upp chokladen.

– 'Teve är det enda sömnpiller man tar genom ögonen', sa Gunnar och efter en stund föll deras huvuden framåt och Gunnar snarkade ljudligt. Berta satt med ett leende på läpparna och höll den tomma chokladmuggen i handen.

När Sankt Nicolai kyrkklocka slog ett hade mörkret lagt sig över koloniområdet. Alla kolonisterna hade dragit sig hemåt till värmen. Temperaturen nattetid inbjöd ännu inte till någon övernattning i de oisolerade stugorna. Ostanvinden skulle enligt meteorologerna uppgå till tolv sekundmeter under natten och smattrandet i linorna längs flaggstängerna vittnade om att prognosen för ovanlighetens skull stämde.

Molnen drev snabbt över himlen och ömsom skymde, ömsom blottade den avtagande månskäran. Locket till en brevlåda smällde till av vinden och när vågorna bröt mot strandkanten ljöd ett dovt brus. På Solrosgången knastrade det i gruset. En ensam man kom hukande i blåsten. Efter en stund hördes hammarslag och gnisslande ljud som överröstade vinden.

– Är det någon idiot som håller på att arbeta, mitt i natten och en midsommarnatt dessutom. Jörgen och hans vänner kom lugnt promenerande från festen och förvånades över det bankande ljudet.

– Kom, viskade Göran. Det är ingen som arbetar, det är något annat.

Mörkret slukade upp dem. En ensam katt hoppade ut från en ligusterhäck i sin nattliga jakt efter föda och plötsligt upphörde bankandet. Det ersattes av högljudda röster.

Kapitel 29

När midsommarafton övergått till midsommardag förflyttade sig makarna Andersson utan ett ord in till sängkammaren. Myrornas krig på teverutan stängde Gunnar av som i dvala. Chokladkopparna stod kvar på bordet och för första gången på många år stod tandborstarna torra i sina glas i badrummet. Inte ens tidningsbudets slammer i brevinkastet fick Gunnar att reagera. När Berta och Gunnar en stund senare låg vid varandras sida var de lyckligt ovetande om kalabaliken som rådde i koloniområdet.

– Vad fan gör du, människa? vrålade Jörgen och hoppade över grinden till Berta och Gunnars koloni.

– Jag skulle bara …, kved mannen i mörkret.

– Du ska ingenting, fräste Göran.

De två skinnklädda kvinnorna drog sig förskräckta en bit bort från skådeplatsen.

– Vuxna människan. Sabotera och bära sig åt … Jörgens röst gick upp i falsett. Ring polisen, Göran. Jag håller honom så länge.

En dov duns hördes och ett ynkligt kvidande.

– Ta det lugnt, sa en av kvinnorna när hon såg hur Jörgen tryckte ner mannens ansikte mot grusgången.

– Släpp mig! Jag har ingenting gjort, flämtade mannen på trädgårdsgången.

– Du rör dig inte ur fläcken förrän polisen kommer. Fattar du det?

Polisbilen stannade efter en stund nere vid parkeringsplatsen eftersom bommarna till området hindrade bilkörning. Polisbilens blåljus blinkade rytmiskt och polismännen Alvar och Nils sprang snabbt ner mot koloniområdet. De lyste med ficklamporna och hade händerna beredda i hölstren.

– Här! skrek Jörgen, när han såg skenet från ficklamporna som flackade i gången. Vi har oskadliggjort honom. Han ligger som en flämtande torsk i gruset.

Poliserna hoppade över grinden och slet tag i Jörgen.

– Vad fan sysslar du med? skrek Alvar.

– Jag? Jag håller fast en vandal.

– Vem började slagsmålet? fortsatte Nils mer försiktigt.

– Vilket slagsmål? Hör ni inte att vi tagit fast en som håller på att sabotera en koloni. Göran blåste upp sig, men försökte behålla fattningen.

– Är det er koloni? sa Alvar och böjde sig över mannen som fortfarande låg raklång på gången.

– Nej, hördes det ynkligt från marken.

Mannen försökte sätta sig upp. Han tittade olyckligt på poliserna.

– Är det du Holger? fortsatte Alvar förvånat. Började dom helt oprovocerat? Kom bara in i din koloni?

– Det är inte min koloni. Det sa jag. Jag kan förklara ...

– Vad gör du då här inne?

– Jag kan förklara.

– Det verkar som här finns en hel del att förklara, suckade Alvar. Till exempel hur ni hamnade här. Var ni ute för att mucka gräl, eller? Det har varit en del inbrott och vandalisering i området. Nu vände sig Alvar till Jörgen och Göran.

Tjejerna hade försiktigt vågat sig fram. Den blonda bet nervöst på de långa, grönmålade naglarna.

– Vi campar ute vid Tobisvik. Vi har varit på fest inne i stan och genade här på vägen tillbaka. Jag känner Berta och hennes man som äger stugan. Jörgen pekade. Vi snackade med dom tidigare i kväll.

Holger hade nu rest sig upp och tog med fingret över läppen som blödde.

– Kan vi få gå nu? undrade Jörgen buttert och rättade till skjortan som glidit upp.

– Skriv upp deras namn, Nils. Holger känner vi sedan tidigare, men inte från sådana här sammanhang, avslutade Alvar.

– Jag kan förklara, framhärdade Holger på nytt.

– Nu slutar du svamla, Holger. Vad är det som har hänt här egentligen?

– Vi såg hur han började bräcka bort fönsterlisterna på boden, sa Jörgen ilsket och ...

– Det var Holger jag frågade, avbröt Alvar. Nå Holger?

– Det var Gunnar som började med mitt äppelträd. Holgers röst hade förlorat sin vanliga auktoritet.

– Vilken Gunnar? Och vad har ditt äppleträd med saken att göra? Alvar lät frustrerad.

– Gunnar är han som äger kolonin ... och nu är mitt äppleträd nersågat.

– Menar du att Gunnar sågat ner det?

– Jag gjorde det själv.

– Du sågade ner ditt äppleträd och därför är du här hos Gunnar och bräcker ner fönsterlister?

– Där ser ni, skrattade Jörgen. Han är inte normal. Ingen normal mä ...

– TYST, fräste Nils. Är dom här fyra inblandade på något sätt? fortsatte han vänd mot Holger.

– Dom brottade ner mig på marken och jag blöder. Holger tog sig mot läppen.

– Det var för att stoppa fortsatt vandalisering. Jörgen tog ett steg mot Holger.

– Seså, stick till Tobisvik med er. Vi hör av oss om vi behöver ställa fler frågor.

– Du får följa med till stationen, Holger. Vi behöver ställa några kompletterande frågor.

Nils smällde igen blocket.

När tystnaden åter lagt sig över området hade vinden börjat mojna. Fåglarna kvittrade ihärdigt och kalasade på resterna från midsommarfirandet i områdets trädgårdar.

Nedanför Gunnars bod låg de sönderbräckta fönsterlisterna. En hade hamnat tvärs över Bertas pionbuske.

Inne i stugan stod tallrikar och glas i en plastbalja i väntan på att diskas. På fatet låg prästkragen som Berta fått av Jörgen.

Kapitel 30

På midsommardagen promenerade Berta och Hjördis tillsammans ner för Storgatan. De skulle gå till "Apotekarens trädgård" som hade annonserat att de hade öppet. Där fanns vackra krukor och medelhavsväxter. Visserligen hade de alla blommor och växter de behövde, men tyckte det var spännande att titta på de exotiska växterna.

– Skojig skylt, skrattade Hjördis, "Medelhavet 8 meter". Hon pekade på skylten som stod på trottoaren och visade in mot trädgården.

Besökarna gick genom en port och inne på gården var det många som strosade runt bland de udda krukorna och växterna.

– Ett olivträd. Det är vackert tycker jag, sa Berta.

– Dom är svåra att odla i vårt klimat. Jag läste att på vintern måste man klä in dom med bubbelplast och hänga en julgransbelysning innanför för att dom ska klara kylan.

– Hu. Tänk om jag hade kommit hem med ett sådant, skrattade Berta. Gunnar hade blivit tokig om jag börjat plasta in växterna och hänga upp julgransbelysning. Damerna fnittrade.

När Hjördis tittade genom grenarna på ett citronträd såg hon Signe som en uppenbarelse mellan två koboltblå, stora blomkrukor. Hennes ögon hoppade som svetsloppor i sina hålor när hon såg damerna. Hon kom allvarligt fram till dem.

– Jag får beklaga, sa hon.

– Beklaga vad? undrade Hjördis vresigt.

– Så ni vet det inte då? Då ska jag inte … Signe skyndade sig därifrån innan Berta och Hjördis hunnit fråga vad hon menade. Hon tog sin cykel och ledde den över gårdsplanen. Kedjeskyddet rasslade mot cykelkedjan när hon styrde ut mot gatan.

Efter att Signe försvunnit runt hörnet fortsatte Hjördis att titta på växterna som om ingenting hänt. Berta stod stelt kvar som om hon väntade på att Signe skulle återvända för att förklara sig.

Berta ryckte Hjördis i klänningsärmen.

– Vad tror du hon menade?

– Det finns ingen som vet vad Signe menar. Titta, Berta! Ett fikonträd …

– Men hon beklagade sig och såg allvarlig ut. Det har väl inte hänt Konrad och Gunnar något?

– Äsch det förstår du väl att det inte har. Vi gick nyss hemifrån och då satt dom vid köksbordet. Signe beklagade kanske att det ska bli regn i morgon. Det sa dom på radion i alla fall.

– Man går väl inte fram till personer man knappt känner och beklagar att det ska bli regn.

– Konrad blir väl tokig, men jag köper ändå en lavendel-planta. Är dom inte fina, tycker du? Vi har ju egna pengar nu, Berta.

– Jo, dom är fina svarade Berta frånvarande. Äsch, tänkte hon sedan. Hjördis har rätt. Vi gick hemifrån för tjugo minu-ter sedan och då hade inget hänt. "Jag får beklaga". Jädrans människa.

– Ska inte du ha något, Berta? undrade Hjördis när hon stod vid kassan och skulle betala.

– Det skulle vara en tomatplanta i så fall. Fast jag tror jag väntar till en annan dag.

Flera i området hade kommit bort till Berta på midsommar-afton och gratulerat till framgången på mässan. Rut hade kra-mat om henne och sagt att hon var stolt över att känna dem. Trots att Berta stött på Signe hade hon inte sagt ett ord, icke ett knyst. Men hon hade snörpt extra med munnen, det hade hon.

När de kom ut på Storgatan tittade Berta åt det håll Signe försvunnit.

– Ragnhild Blom hade kalas på Medborgarhuset i Smed-storp när hon fyllde sjuttiofem. Hjördis stannade upp och tittade på Berta medan hon talade.

– Vissa slår på stort, det må jag då säga. Hade hon bjudit många?

– Nästan hundra personer.

– Hundra personer! Känner hon så många? Speciellt social är hon då inte, muttrade Berta.

– Det stod på inbjudningskorten att hon önskade sig peng-ar till en resa.

– En resa! Hon har aldrig nänts att resa tidigare. Fast det är klart. När andra betalar så …

– Det är en dryg backe att gå i. Tycker du inte det, Berta?

Berta svarade inte. Hon ville först reda ut det där med Ragnhilds kalas.

– Det var kanske knytkalas och gästerna fick själva ta maten med sig. Snål har hon då alltid varit.

Ragnhild hade varit otrevlig en gång då Mikael varit hos henne och försökt sälja majblommor. Hon hade sagt att hon hade viktigare saker att öda pengarna på. Sedan hade hon smällt igen dörren mitt framför näsan på honom. Mikael hade varit riktigt ledsen när han kom hem. Sedan den gången hade Berta inte kunnat med människan. Ja, hon hade hört annat också om henne. Så det så …

– Det var catering från Ingelsta Kalkon. Hjördis stånkade i backen.

– Var där dans också? fortsatte Berta. Kanske riktig orkester till och med?

– Klart det var dans. Och riktig orkester det hörde jag hos Leif Handlare när jag var inne en dag och handlade. Och nattmat …

– Ja, jag säger då det, pustade Berta som också började bli andtruten i backen.

De gick tysta den sista biten. När de kom hem till Landstingsgatan såg Berta att det stod en polisbil på parkeringsplatsen.

– DET HAR HÄNT NÅGOT, Hjördis! Titta en polisbil. Berta rusade mot ytterdörren.

– Lugna dig, Berta. Det bor fler än vi i huset. Hjördis hade svårt att hinna i kapp Berta och ytterdörren slog igen mitt framför näsan på henne.

Utanför Gunnars och Bertas koloni stod en liten grupp människor och samtalade. De pekade och tittade mot fönsterlisterna som låg på gången inne i trädgården.

– Signe berättade det. Dom hade sett poliserna uppe från husen på Grånemadsvägen, sa en upprörd man.

– Vet dom vem det är? Rut gned sina händer och Gert la armen tröstande på hennes axlar.

– Gunnar som nyss haft taklagsfest och var så stolt. Camilla såg ut som hon nyss kommit hem från midsommarfirandet.

– Jävla böss. Hade jag sett när det hände skulle jag vridit nacken av dom, sa Erik Kvist när han kom förbi med en skottkärra bråte.

Rut Pedersen kröp ihop och tittade förskräckt på Kvist.

– Jag är snart rädd för att ha koloni här. Det händer så mycket konstigt, tycker jag.

Folkhopen skingrades efter en stund men spänningen fanns kvar i hela området.

Schersminernas väldoft fyllde gångarna och blandades med dofterna från havet. Mörka skyar drog in från väster och de första regndropparna började falla.

Kapitel 31

Berta slet upp dörren till lägenheten. När hon såg de två poliserna sitta vid köksbordet slog hon sig för bröstet. I samma stund såg hon att både Gunnar och Konrad satt där. Obehaget fanns kvar inom henne, men rädslan var försvunnen. Innan någon hann säga något stod Hjördis lite skärrad i dörröppningen.

– Det är Holger, sa Gunnar matt.

I den sekunden flimrade lappen Gunnar skrivit förbi i Bertas tankar. Var det Gunnar ändå? Hon satte sig tungt på en av stolarna och drog ut en åt Hjördis.

– Det är inget att se så förskräckt ut för, sa Alvar och snurrade runt sin polismössa på bordet. Det var inte så farligt.

– Var det inte? Det tändes ett hopp i Bertas ögon. Han kan ju plantera ett nytt äppleträd. Det var faktiskt inte Gunnar som sågade ner trädet.

Gunnar tittade förskräckt på Berta. Visste hon ändå? Annars hade hon väl inte varit så engagerad.

– Vi måste tillbaka till kontoret. Nils tittade på klockan. Vi har skrivit en rapport och nu är ni informerade. Vi får se hur det utvecklar sig.

Konrad som förstått att Berta missförstått polisernas ärende, vågade inte ge sig in i samtalet. Det verkade som om Berta misstänkte.

– Lås in det fanskapet, muttrade Gunnar och Berta studsade till borta vid vasken.

– Åja, nu tar vi det lugnt, sa Alvar. Poliserna tog på mössorna och försvann ut.

– Hörde du? Hon började också tala om det där äppleträdet, sa Nils.

– Vilket jäkla ståhej för ett gammalt träd. Förhör, rapporter och vandaliseringen av boden. Jag längtar efter ett riktigt ingripande. Bankrån eller något sådant, suckade Alvar när han med stora kliv tog sig ner för trappan.

– Jag tror att herrskapet däruppe har en del att reda ut. Tanten var ju helt skärrad och ändå hade ingen nämnt något om boden.

– Det har du rätt i. Det var precis som om det var något annat hon var rädd för. Polismännens röster försvann ner i trapphuset varefter dörren smällde igen med en duns.

– Det var ju rysligt vad du är blek, Gunnar, sa Berta oroligt.

– Jädrans Holger. Gunnar knöt händerna på bordet.

– Vad är det med Holger? undrade Berta.

– Det var Holger som gjorde det.

– Det har han ju själv erkänt.

– Har han erkänt?

– Det gjorde han ju på mötet, din tok. Han berättade det

inför alla, att han själv sågat ner trädet.

– Jag menade boden, sa Gunnar trött.

– Vilken bod? Berta ställde fram en skål karameller på bordet.

– Han har vandaliserat vår bod. Det var därför poliserna var här.

Berta satte sig.

– Har Holger vandaliserat boden? Jag trodde dom var här för den där lappen i Holgers låda.

– Varför skulle dom vara här för den? Nu lät Gunnar irriterad.

– Inte vet jag. Är boden nerriven? Berta såg olycklig ut.

– Det var inte så farligt. Det hörde du väl att dom sa.

– Varför skulle Holger göra något sådant? Berta såg tvivlande ut.

– Han tror det är jag som lagt lappen i deras låda.

– Var det inte det då? Berta släppte inte Gunnar med blicken.

– Nej, Konrad. Vi får väl gå upp till vårt. Hjördis tog en karamell och reste sig.

– Jag vill åka till kolonin med en gång. Följer du med? undrade Gunnar och tittade vädjande på Konrad.

– Visst, sa Konrad och tittade frågande på Hjördis.

– Jag följer med. Berta reste sig häftigt.

– Du stannar här! Gunnars röst var så bestämd att Berta satte sig på nytt.

– Jag kan bli kvar hos dig så kan vi prata en stund i lugn och ro, skrattade Hjördis nervöst.

– Vi kommer senare. Du ska väl plantera din lavendelplanta, Hjördis?

Hjördis skyndade sig ut i hallen och satte snabbt påsen med blomman bakom ett paraplyställ.

– Vi tar bilen. Gunnar lyfte ner bilnycklarna från en liten mässingskrok innanför dörren.

– Akta dig, Gunnar. Gör inget dumt som du kommer att ångra.

– Du tror väl inte att den fege uslingen visar sig i kolonin i dag, fnös Gunnar.

– Ta telefonen med dig. Berta drog ut en låda och la telefonen på bordet. Du vet att jag vill att du ska ha telefonen med när du är ensam. Man vet aldrig vad som kan hända.

– Milda makter. Jag klarar knappt av att ringa på den när ingenting händer. Hur tror du då det skulle gå i en nödsituation som du alltid tror att jag ska hamna i.

– Det är väl inte så märkvärdigt. Bara att trycka på knapparna som på en vanlig telefon. Och så riktnummer förstås.

– Säger du med dina små kinesfingrar. När jag trycker får fingrarna liksom inte plats. Alla knapparna trycks ner på samma gång. Slå riktnummer från kolonin och hem till Landstingsgatan. Dom kan hitta på.

– Jag tycker inte heller om den där mackapären, instämde Konrad. Nej, dom där gamla telefonerna med fingerskiva tyckte jag var rejäla. Där visste man vad man gjorde.

– Det är rysligt synd om Erna, sa Berta samtidigt som ytterdörren smällde igen efter gubbarna.

Damerna satt tysta i köket. Väggpendylen i vardagsrummet tickade ihärdigt och det hördes att någon duschade på våningen ovanför.

– Här är lyhört, sa Hjördis och tittade mot stället ljudet kommit ifrån.

– Ibland önskar jag att jag inte kunde höra någonting alls, suckade Berta.

– Vad menar du med det?

– Allt konstigt man hör ... jag blir bara orolig.

– Har du hört något särskilt?

– Både hört och sett. Jag berättade ju för dig om den gången när Gunnar satt i köket en natt och skrev. Han verkar orolig ibland och har sagt konstiga saker, tycker jag.

Berta tystnade och Hjördis tittade på henne som om hon väntade på fortsättning. Ibland tror jag att det är Gunnar som lagt den där lappen i Holgers låda, fortsatte Berta.

Hjördis tog Bertas händer i sina. Hon sa ingenting men hennes blick var full av medlidande.

Trots sin ilska kunde Gunnar få ut bilen från parkeringsplatsen utan problem. Han körde sedan ryckigt och okoncentrerat och glömde att lämna företräde till en bil när han kom ut på Tumatorpsvägen. Konrad tog spjärn med fötterna i golvet.

När de kom till kolonin inspekterade Gunnar boden. Till sin lättnad såg han att förödelsen inte var så stor. Han konstaterade att fönsterlisterna var borta och låg i rabatten nedanför. Han vred och vände på listerna medan Konrad stod tyst vid hans sida.

– Tur att dom där med märkena på ryggen såg det. Annars hade väl hela boden varit nerriven, suckade Gunnar.

Konrad hade just tänkt säga att han tyckte det var konstigt

av Holger att göra något sådant. Men så kom det där tvivlet över honom igen.

Flera i området hade tydligen hört om Holgers nattliga besök i kolonin och kom nyfiket förbi för att fråga och prata. Ja, alla visste förstås inte att det var Holger. Djungeltelegrafen hade inte nått fram till alla.

– Förfärligt. Jag saknar ord. När gubbarna vände sig om såg de Asp stå vid grinden. Förstår inte varför Holger gjorde så där, fortsatte Asp och Gunnar slog ner blicken. Han anklagade visserligen dig för att ha lagt den där lappen i hans låda – och du har anklagat Holger.

– ANKLAGAT! Jag har varken sett något eller över huvud taget diskuterat med Holger.

Nu hade Berta och Hjördis också kommit och stod vid grinden och lyssnade förfärat på de högljudda rösterna. Den lappen hade jag förresten aldrig kunnat skriva, fortsatte Gunnar. Jag är anorektiker och har svårt för att både skriva och läsa.

– Dyslektiker, rättade Berta när hon såg Asps förvånade blick.

– Jag anklagar inte dig för lappen, Gunnar. Asp höll avvärjande upp handen. Jag bara återger Holgers ord.

– Är hans ord mer värda än mina? undrade Gunnar.

– Lappen du la i förslagslådan i fjor kunde du i alla fall skriva. Asp rättade till raden av pennor i bröstfickan.

– Den handlade ju bara om skit. Jag menar om fler soptunnor. Det är skillnad mot att skriva det som stod på lappen Holger fick.

– Jag förstår att du är upprörd över vad som hänt, Gunnar. Det är vi alla. Vi får innerligt hoppas att det är slut på alla konstigheter i området. Det ser inte bra ut utåt för föreningen.

– Det här ser inte heller så bra ut, *utåt*, muttrade Gunnar och pekade på boden.

Det började småregna och damerna gick in till Hjördis. De stod bakom gardinen inne i stugan och tittade ut mot herrarna.

Efter en stund avlägsnade sig Asp och herrarna gick också in.

– Det var dom med märken på ryggen som ertappade Holger, sa Gunnar vänligt. Det var som om han ville släta över det aggressiva samtalet de haft där ute.

– Menar du Jörgen och hans kompisar på motorcyklarna?

– Dom kom i rättan tid. Banne mig bra gjort av dom. Gunnar tittade vänligt på Berta.

– Där ser du. Berta korsade armarna över bröstet och nickade menande mot Gunnar. Och för dom var ni rädda. Berta fnös föraktfullt.

– Jag var inte rädd för dom, sa Gunnar försiktigt.

– Herregud, Gunnar. Du ville sitta vakt här på natten.

– Nog om detta, avbröt Konrad. Vandalen blev fast och gänget har fått upprättelse.

– Jag har aldrig sagt något ont om dom, sa Berta förnärmad.

– Det har du rätt i Berta, lismade Hjördis. Du har hela tiden sagt att det är rara människor.

– Ja, ja. Jag hade väl fel då. Denna gång. Men jag brukar alltid ha rätt … Gunnar knäppte upp den översta knappen i skjortan. Jädrans ståhej. Jag som trodde vi skulle njuta i kolonin.

– Det gör vi väl, inflikade Hjördis. Eller hur Berta?

– Vi får väl dra oss hemåt. Det är eftermiddag och inte har vi fått någon middag ännu, skrattade Konrad.

– 'Gud gör dagen och kvinnan middagen', sa Gunnar och gick ut för att låsa till boden.

Kapitel 32

När de kom hem la Gunnar sig ovanpå sängen och funderade, medan Berta höll på med maten. Det kändes som om han hade en tickande bomb inom sig. Han hade varit nära att försäga sig flera gånger och sedan var det ju det där med två L i koloni som det stått på båda lapparna. Han skulle genomskådas, det hade han känt på sig de senaste dagarna. Ibland funderade han på om hans mor kunde se hela eländet från himlen. Så besviken hon skulle vara på honom att han ljög. "Ärlighet är en dygd", hade hon alltid sagt. Tänk om hela släkten, gamla grannar och hela fanstyget träffades där uppe igen när han slutat sina dagar. Då skulle han allt få stå där som en annan idiot och behöva förklara sig.

Han behövde lätta på trycket och han hade funderat på att i alla fall berätta för Konrad. Då hade det nästan blivit som bara en halv lögn.

Han hörde Berta gnola ute i köket och en våg av värme spred sig i kroppen. Han hoppade till i sängen. Han måste berätta det för Berta. Det var hans förbannade skyldighet. Skulle hon få veta det på annat sätt skulle det blir än värre. Hon hade ju lovat inför prästen "i nöd och lust". Nu var det inte lust utan nöd i ordets rätta bemärkelse. I kväll skulle de till Konrad och Hjördis och spela yatzy, det skulle skingra tankarna för en stund i alla fall. I morgon bestämde han sig för att ta itu med lögnen.

– Ho, ho, ropade Berta genom brevinkastet hos vännerna prick klockan sex. Nu är vi här ...

– Sluta stå och gapa i trappan, sa Gunnar irriterat i samma stund som Hjördis öppnade dörren.

– Välkomna till spelhålan, skämtade hon. Som vanligt stod Konrad som en skugga bakom henne.

Hjördis hade förberett i vanlig ordning. Hon hade lagt en mjuk filt över bordet i vardagsrummet. Yatzyspelet låg framme tillsammans med en nyvässad penna. En bricka med saft, fyra glas och en skål chokladpraliner stod där också som vanligt.

– Insatsen, sa Konrad och skakade en plåtburk.

Berta stoppade genast två tjugor i burken. De hade bestämt sig för att inte spela om pengar, men kommit överens om att lägga var sin tjuga varje gång de spelade. När det blev tillräckligt med pengar i burken skulle de gå ut och äta pizza tillsammans.

– Damerna lägger hundra kronor var. Ni är ju egna företagare, skämtade Konrad och damerna såg stolta ut när de tittade på varandra.

– Börja du, sa Berta vänligt till Hjördis när de satt sig.

– Asch, sa hon när hon kastat tärningarna. Det är ju bara smått krafs. Jag sätter det på tvåorna, tillade hon när hon utnyttjat sina tre kast.

– Tvi, tvi, tvi. Gunnar låtsasspottade i handen. Sedan skakade han tärningarna.

– Håll inte på och skaka så där. Det blir ändå som det blir när du kastar dom på bordet. Berta krafsade på en fläck på filten.

– Inte så tokigt, konstaterade Gunnar. En kåk men inte så höga siffror.

– Då är det väl bättre att du sätter dom två femmorna på tvåtal, informerade Hjördis.

– Sätt det på en kåk. Gunnar vände sig till Hjördis som skulle fylla i resultaten den första spelomgången.

– TRE SEXOR! skrek Berta när hon slagit.

– Sluta skrika! Du spränger trumhinnorna, klagade Gunnar.

– Hjördis berättade för mig att Ragnhild Blom haft sitt sjuttiofemårskalas på Medborgarhuset, sa Berta vänd mot Gunnar. Det har jag glömt att berätta.

– Bjöd hon på sill och potatis till de tio gästerna som kom, sa Gunnar sarkastiskt.

– Hundra personer och mat från Ingelsta. Dans till riktig orkester och nattmat. Det var som om Hjördis kände sig stolt över att kunna informera.

– Det var som satan. Gunnar tog en chokladpralin och sög ivrigt. Har hon vunnit på tips?

Konrad kastade tärningarna så häftigt på bordet att två föll i golvet.

– Du skulle behöva ett bord stort som ett dansgolv för att inte kasta utanför, suckade Hjördis.

Efter precis en timme gjorde de som vanligt uppehåll. Hjördis hämtade frukt och de satt och pratade om vardagliga ting.

– Undrar om våra pumpor blir lika stora som Camillas, skämtade Konrad. Hjördis puffade på honom men damerna log ändå lite generat.

– Där skulle Signe behövt låna några hekto. Gunnar gnagde intensivt och högljutt på ett äppleskrutt och Berta tittade ogillande på honom.

– Typiskt herrar, att frossa i känsliga detaljer.

– Åja, jag såg nog att även damerna blev roade.

Nu kom olusten över Gunnar igen. Varför skulle de prata om Camilla? Då skenade tankarna iväg till det som hänt i kolonin.

– Jag såg Signe och hennes man nere på Ica i går. Han ser ut som en ynklig liten pojke när han står bredvid henne och jamsar med om allt. Hjördis mun blev som ett stelt streck. Läppstiftet hade försvunnit och munnen såg färglös ut.

– Det är lätt att gissa vem som är vinnare i det äktenskapet, log Berta.

– Hon är också skyldig, sa Gunnar häftigt. Det var hon som for runt och berättade om det där med friarstråten och ... han tappade äppleskrutten i knäet och de andra tittade förundrat på honom.

– Ska vi fortsätta spela, avbröt Hjördis nervöst.

– Det är slutspelat för dig Gunnar Andersson, lägg korten på bordet. Nu vill jag veta ... sanningen om alla konstigheter. Jag tror det finns fler som är intresserade av att få höra hur det egentligen ligger till. Berta blängde på Gunnar.

Tre ögonpar stirrade på honom och väntade på svar. "I nöd och lust", tänkte han.

Kapitel 33

Asp satt i lokalen där hygienutrymmena var inrymda. Han häftade precis fast protokollet från senaste mötet på anslagstavlan när en av kolonisterna, Bo Alfklint, kom in. Bo var ensamstående och vistades sällan i sin koloni. Han hade varken varit på festen eller medlemsmötena.

– Hörde om allt som hänt i området, sa Bo och ögnade protokollet.

– Åja, svarade Asp. Så farligt är det inte. Pengarna som fattades har kommit tillrätta. Det där med boden och äppleträdet är en tvist mellan två personer och rör inte dom övriga i området.

Asp hade respekt för Alfklint. Han var tingsnotarie och satt med i både Rotary och Lions. Asp ville skydda föreningen och släta över det som varit.

– Jag talade med Holger i morse, sa Bo och drog ett par djupa bloss på sin cigarr. Holger var så nöjd över att äppleträdet är borta. Erna tycker också att det blivit mycket ljusare på tomten sedan trädet kom bort.

Asp spärrade upp ögonen och kände irritationen stiga. Han ville dock behålla en lugn samtalston.

– Du har kanske talat med Gunnar Andersson också? sa Asp vänligt trots att det stela ansiktsuttrycket vittnade om allt annat än en lugn sinnesstämning. Han tycker kanske boden blivit bättre sedan Holger tagit bort fönsterlisterna? Ventilation är alltid bra.

Bo Alfklint tittade förvånat på Asp utan att säga ett ljud.

– Då verkar det som att alla är nöjda och glada, sa Asp. Han hoppade till eftersom hans röst var vassare än han hade tänkt.

– Jag är inte nöjd. Det finns fortfarande inte uppsatt några hundlatriner, trots att jag påtalat det, flera gånger.

– Här finns en förslagslåda. Asp smällde till locket på lådan … och våra möten är till för att diskutera sådana frågor. Asp reste sig häftig och lämnade lokalen.

Det var dags att låta någon annan ta över ordförandeskapet i föreningen. Han hade fått nog. Pennorna i bröstfickan skramlade mot varandra och han hade händerna hårt knutna i byxfickorna.

På Landstingsgatan rådde i samma stund begravningsstämning. Berta och Hjördis satt i köket och grät. Gubbarna satt stela i rummet och glodde tyst på varandra.

– Det ordnar sig, Berta, tröstade Hjördis. Hon gick bort till vasken och rev av en bit hushållspapper med röda hjärtan som hon räckte Berta.

– Det var ett rysligt grant papper, snörvlade Berta.

– Jag tror det är bra att vi pratar igenom det, Berta, tröstade Hjördis.

– Det hjälper väl inte.

Så hörde de gubbarnas röster från rummet. De tystnade men kunde bara urskilja enstaka ord.

– Jag ville inte tro att det var du Gunnar. Jag förstår inte …

Konrads blick for runt i rummet.

– Vem fan tror du förstår. Det bara blev så. Jag ville skydda Berta och så snodde jag in mig i en massa lögner. Men jag hade tänkt berätta det i morgon.

Konrad tittade klentroget på honom.

Hjördis satt tyst och höll Bertas händer när gubbarna kom ut i köket.

– Det var för din skull, Berta.

– Jaså det var det. Det var ju vänligt av dig.

Hjördis hade rest sig upp och liksom backat ut mot hallen som av rädsla för att det hela skulle urarta.

Efter ett tag ställde Konrad fram en flaska sherry på bordet.

– Vi behöver nog något starkare än saften, försökte han skämta.

Medan köksklockan tickade vidare och Konrad slagit upp mer sherry, berättade Gunnar allt från början. Om nejlikorna till Berta och hur Holger varit oförskämd mot honom. Han undanhöll inga detaljer. Han berättade om att Camilla varit inne i kolonin och vad Holger sagt till honom. Hjördis fyllde på med vad Signe sagt på Brunnshallen.

– Inget av detta rättfärdigar det som du gjort, Gunnar. Berta fräste i pappret.

– Jag är ledsen över det jag ställt till med. Det var visserligen rätt åt Holger det jag gjorde …

– Det är en sak, avbröt Berta. Men du kunde erkänt och stått för att det var du. Jag skäms. Här har dom hållit möten. Hon grät på nytt och Gunnar strök henne över håret.

– Hur ska du göra nu? undrade Konrad och Gunnar såg förskräckt ut.

– Nu har jag erkänt för er. Jag tycker inte det är så mycket mer att orda om.

– Så du tycker inte det? Berta virade hushållspappret runt fingret.

– Ju mer man rotar i en skit desto mer luktar den.

– Det borde du veta, Gunnar.

– Jag håller med Gunnar. Det var för att skydda dig Berta. Det var så allting började, försökte Konrad förklara. Det Holger gjorde med boden var inte heller snällt. Hjördis nickade instämmande.

– Kanske lika bra att låta det vara och glömma allt. Eller vad tycker du, Berta? Hjördis granskade Berta som för att få bekräftelse.

En timme senare satt de alla och spelade yatzy igen. Stämningen ville visserligen inte infinna sig men det kändes ändå bra att avsluta kvällen så.

De hade kommit överens om att det bästa var om Gunnar talade med Holger. Säga att det där med boden inte var så farligt. De var också överens om att han inte skulle erkänna att han lagt lappen i lådan. Berta hade visserligen varit tveksam men fick hålla med om att risken fanns att allt skulle ta ny fart.

Gunnar hade lagt sin hand över Bertas och att hon inte drog undan den, tog han som en halv förlåtelse.

– Som det kan bli, log Hjördis när de tog adjö av varandra.

– Gunnar, sa Berta med låtsasbarsk röst. Som plåster på såren vill jag att du bjuder oss på en tur till Vellingeblomman. De skickar ut så fina broschyrer och vi har aldrig varit där förut.

– Ni bara tänker på blommor. Men det är klart, jag kan kanske passa på att köpa några nejlikor och ge mig ut på friarstråt.

– Du skulle bara våga, skrattade Berta och smällde till honom med handväskan.

Gunnar kröp till sängs så fort de kom ner till lägenheten. Han visste inte hur Berta skulle reagera när de blev ensamma. Hon såg ledsen ut men hon sa inte ett ljud. Hon satte sig vid köksbordet och löste korsord.

Visst kunde han prata med Holger och försöka släta över det där med boden. Långsint är jag då rakt inte, tänkte han. Då är det värre det där med Vellingeblomman. Då måste jag köra på motorvägen in till Malmö. Det hade han visserligen gjort en gång tidigare när de varit på Ikea. Men springa runt i ett stort blomstervaruhus, det var då ett rejält straff för ett äppleträd.

– Men, men, suckade han, 'surt sa räven om rabarberna'. Överlevde han borrelian skulle han väl klara detta också. Han var också tacksam över att Berta inte valt Ullared som utflyktsmål.

Han tittade på klockan. Tio över elva. Skulle han kalla på Berta? Nej, det var nog bättre att låtsas sova. Då fick kvällens samtal sjunka in. När han hörde Berta komma, knep han ihop ögonen. Han kände en svag doft av hennes liljekonvalj-parfym när hon kröp ner i sängen. Banne mig. Jag ska köpa ett par nejlikor åt henne när vi kommer till Vellingeblom-man. Klart, det är förstås inte så länge sedan hon fick. Hon får kanske vanor, men den risken får jag ta.

Ute på kylskåpet hängde artikeln från tidningen där Berta och Hjördis stolt håller upp sina broscher.

Kapitel 34

Berta hade varit ovanligt tyst på morgonen och även Konrad och Hjördis föreföll lite avvaktande. Eftersom grönsakerna börjat titta upp i fina rader var de överens om att det var dags att gallra i grönsakslandet.

– Hjördis och jag börjar rensa ogräs och ni går en promenad, sa Berta bestämt till herrarna. Du stannar till hos Holger och Erna, om de kommit förstås, och ordnar upp det du lovat. Så iväg med er nu. Hon gjorde en gest och försvann bort mot grönsakslandet.

– Jag vet inte hur jag ska börja, sa Gunnar oroligt till Konrad.

– Det kommer av sig själv. Säg att du inte är arg för det där med boden. Jag tror att Erna också blir glad. Det är trist om man blir ovänner.

Gunnar drog iväg längs ytterkanterna som om han ville fördröja konfrontationen. De vinkade åt Rut och Gert när de passerade deras koloni. När de kom in på Solrosgången mötte de Camilla.

– Vilka ståtliga herrar på promenad denna tidiga morgon. Era fruar kan vara lyckliga som fångat er, smickrade hon.

Just nu är inte Berta så lycklig över mig, tänkte Gunnar och log bara som svar. Fan också, tänkte han när han såg att Holger och Erna var i kolonin. Han ville vända om och det var som om Konrad kände det på sig och liksom föste honom framåt.

– God morgon, sa Gunnar tveksamt och stannade vid grinden.

– Jag är verkligen ledsen, Gunnar, började Holger.

– Skit i det. Det hann inte hända så mycket och jag har fixat till det.

– Tack. Både Erna och jag har varit ledsna över vad jag gjort. Det är storsint av dig Gunnar att förlåta mig.

– Äsch. Jag ringer polisen i morgon och säger att vi själva rett ut det.

Erna var lättad.

– Vi vill också tacka dig för att du bad oss såga ner trädet. När Holger såg Gunnars förskräckta uppsyn tillade han: Ja, du skrev ju om dom där skadeinsekterna.

– Jag är kanske inte så bra på att formulera mig, skrattade Gunnar samtidigt som han fick en puff i sidan av Konrad.

– Jag anade att det var du, Gunnar. Se inte så förskräckt ut. Erna tycker att det blivit så luftigt och fint i kolonin sedan trädet kom bort.

– Mina rosor får mer sol. Men jag förstår inte varför du gjorde så Gunnar. Erna blev plötsligt allvarlig.

Gunnar berättade om påhoppen Holger utsatt honom för. Alla spydigheter han sagt. Gunnar kände sig lätt i kroppen när han fått ut allt.

– Då är vi nästan kvitt. Holger räckte honom handen.

De avslutade med allmänt prat och i samma stund kom Asp förbi med sin portfölj dinglande i handen. Han suckade tungt när han såg de glada minerna vid grinden.

Hjördis reste sig och gned ryggen.

– Tänk jag tycker det blir längre och längre ner till marken för varje år.

– Det har du rätt i, fnittrade Berta.

De hade sina grönsaksland intill varandra med bara ett litet staket och några buskar mellan tomterna.

– Rädisorna kommer fint, tycker jag. Gunnar har sått riktigt fina, jämna rader.

– Hur tror du det går borta hos Holger? Hjördis tittade oroligt ut över kolonilotterna.

– Det går säkert bra. Holger borde vara tacksam över att Gunnar stryker ett streck över det där med boden, sa Berta.

– Men, om han börjar med det andra.

– Tro det om du vill, men ibland kan Gunnar faktiskt vara riktigt smidig. Berta såg stolt ut. Hon tyckte givetvis det var förskräckligt det han gjort, men han hade ånger och han hade förklarat så gott han kunde.

– Där kommer dom, sa Hjördis glatt och rättade till blusen.

– Dom ser glada ut, konstaterade Berta nöjt.

Gunnar gick rak som en fura och tittade leende på Konrad medan han talade.

– 'Hur vacker är ej hackan i en annans hand', skrattade Gunnar och tittade på Berta.

– Det var värst vad du är poetisk. Berta satte ifrån sig

hackan, dukade fram saft på bordet och vinkade in dem i trädgården.

– Holger är glad över att jag sågade ner trädet, log Gunnar belåtet.

– MEN GUNNAR! Var det du som sågade ner det? Jag trodde ...

– Han snurrar bara till det. Tro honom inte, tröstade Konrad. Fast lite rätt har han. Både Erna och Holger är glada för att trädet är borta.

– Och efter allt ståhej. Det kunde han väl ha sagt tidigare. Nu lät Berta ilsken.

– Gunnar avslöjade sig. Konrad tittade försiktigt på damerna när han berättade det. Han ursäktade sig för att han inte är så bra på att stava och att lappen blev lite tokig.

– Men Gunnar! Vad sa han då? undrade Hjördis förskräckt.

– Han tog i hand och sa att vi var kvitt.

I den stunden var det som om fåglarna sjöng bara för dem. De flygande mössen satt avvaktande under bordet.

Konrad och Hjördis gav sig iväg hem tidigt eftersom Hjördis hade tid i tvättstugan.

Försommarsolen gassade och för första gången för säsongen bar Berta ut solstolarna och ställde dem bredvid varandra.

– Du behöver kanske vila dig efter allt ståhej, sa Berta och satte sig. Sätt dig du också. Såvida du inte ska ut på friarstråt eller har planerat något annat fanstyg. Hon sa det ironisk och Gunnar visste inte om hon skojade eller fortfarande var arg på honom. Han satte sig försiktigt i stolen.

– Jag börjar bli för gammal för sådant. Gunnar klappade Berta försiktigt på benet.

– Säg inte det du. Ni gubbar tycks orka allt ni har lust till. I alla fall när det gäller fruntimmer. Berta la sin hand över Gunnars.

Han knäppte upp skjortan och suckade av välbehag när han sträckte ut sig i solstolen.

– 'I dag hade jag inte tänkt göra någonting alls men jag hann inte', skämtade Gunnar.

– Du kan då få till det du. Men, Gunnar. Berta böjde sig över honom med allvarlig blick. Om du ljuger en gång till, eller har hemligheter för mig, då är det Ullared som gäller, bara så du vet det.

– Jag svär vid min skapare. Han gjorde en grimas vid tanken på Ullared.

Efter en liten stund somnade Gunnar. Berta reste sig och la en tunn bomullsfilt över honom. Hon sträckte sig ner på marken, tog hans keps och la den försiktigt över hans hjässa.

Kapitel 35

På Hjördis och Konrads matrumsbord låg en liten hög med beställningar på broscher. Där stod också kassaskrin, miniräknare och vadderade kuvert. De hade lämnat ut Hjördis adress på mässan och nu strömmade det in beställningar. Gubbarna hade till och med varit behjälpliga och ivrigt hjälpt till att packa broscher.

– Det här är skojigare än yatzy, hade Berta sagt när hon skrev på kuverten, och Hjördis höll med.

– Det blir ingen pizza som vi lovade, sa Hjördis och gubbarna såg besvikna ut.

– Bättre upp. Vi bjuder på restaurang Maritim istället. Det har vi råd med. Och vin …

– Vi vill hellre ha en starköl. Eller hur Konrad?

– Det är vi som bestämmer, skrattade Berta.

– Det har ni väl alltid gjort, fnös Konrad skämtsamt.

– 'Den som gifter sig till pengar får göra skäl för dem', sa Gunnar när han slickade igen den sista försändelsen.

Berta låste upp cykeln och satte termosen, bullarna och handväskan i cykelkorgen. Det är en varm och solig dag, tänkte hon när hon böjde sig ner och ställde cykeltramporna i rätt läge för att komma igång.

Hon tog inte den vanliga vägen, utan svängde av vid Fredsdalsgatan ner mot ankdammen. Där satte hon sig på en av bänkarna och tittade på ankorna som simmade runt, och på barnen som lekte på lekplatsen. Det var mycket som hänt den senaste tiden. Hon förstod att hon varit irriterad, orolig och okoncentrerad ibland och hon var glad över att hon haft Hjördis att anförtro sig åt. Hjördis Kron, smålog hon. Hon som ville vara alla till lags och inte sticka ut. Ja, Gud hjälpe att deras vänskap skulle hålla för alltid. Berta suckade när hon tänkte på allt konstigt Gunnar haft för sig. Fast hon var van. Ibland kunde hon till och med tycka att hans galenskaper var charmiga. Men, sista tiden hade det blivit för mycket, det var ett som var säkert.

Fast det är klart, lite hemligheter hade Hjördis och hon också haft.

Efter en skön stund vid ankdammen, cyklade Berta vidare ner till småbåtshamnen och sedan mot Strandpaviljongen. Hon vek inte av vid första bron mot parkeringen, utan fortsatte till nästa. Precis när hon hoppat av cykeln för att leda den över bron fick hon syn på en tuva strandnejlikor. Hon hade alltid tyckt att de var så vackra. Den lila färgen mot den solgula stranden. En gång hade hon funderat på att gräva upp en tuva och plantera i koloniträdgården, men ångrat sig och tyckt att de passade bäst där de stod. Det luktade hav och tjära från en uppdragen eka. Berta kände sig avslappnad och glad. Hon hade mycket att vara tacksam över, tänkte hon när hon fortsatte in i koloniområdet.

– 'Ju senare på dagen desto finare fruar', skämtade Gunnar när hon kom in i trädgården.

– Det måste i alla fall finnas en i familjen som är fin i kanten. Någon som kan rätta till och sopa upp efter dina härjningar.

– Ja, ja, muttrade Gunnar.

– Jag tog med nybakade kanelbullar. Jag skämmer bort dig, Gunnar.

– Äsch. Gunnar såg nöjd ut när Berta satte in termosen och bullarna i stugan. Hjördis och Konrad kommer vid fyratiden.

– Jag vet.

– Du vet allting. Och det du inte vet, tror du att du vet ändå. Gunnar rufsade ömt om i Bertas hår. Hade du sett mer än Åsa-Nisse och annat sådant dravel, hade du kanske också vetat en del. Vad som händer i världen till exempel, fortsatte Berta.

– Fast nu diskuterade vi att Hjördis och Konrad kommer vid fyratiden. Du ska då jämt skena iväg och tala om andra ämnen. Hinner jag gå upp till soptunnorna med lite skit innan fikat? Gunnar gjorde en nick mot skottkärran.

– Ta dessa med dig. Berta kastade några grenar i kärran.

När Gunnar en stund senare kom tillbaka såg han att det stod två motorcyklar utanför kolonin. Han tvekade men öppnade grinden och gick in.

– Här har du två av dom som räddade vår bod, sa Berta glatt och pekade på Jörgen och Göran.

Gunnar satte ifrån sig skottkärran och hälsade artigt. Han

tog till och med av sig kepsen, konstaterade Berta.

– Kommer du inte med bullarna till oss, får vi hämta dom själva, skojade Jörgen när han såg Berta lägga fram bullarna på bordet.

– Det var banne mig bra gjort av er att ni tog i lag med den där Holger, berömde Gunnar när de hade satt sig runt trädgårdsbordet.

– Ja, vilken jädrans idiot, skrattade Göran.

Gunnar skrattade och slog näven flera gånger i bordet. Sedan ömsom nickade, ömsom log han under samtalet. Berta tyckte att han såg riktigt fånig ut. För bara några dagar sedan hade han spytt sin galla över gänget. De hade inte haft något berättigande i denna värld över huvud taget. Berta vek omsorgsfullt pappret till kanelbullen på sitt sedvanliga sätt och Gunnar suckade.

– Så du tryckte ner hans ansikte på marken så han blödde? Det var som om Gunnar ville höra dem berätta det ännu en gång.

När Hjördis och Konrad kom och Hjördis såg de båda motorcyklarna stannade hon upp som om hon inte vågade gå fram till kolonin. Först när Konrad öppnat grinden satte hon fart, slog cykelstyret i grindstolpen innan hon snabbt satte cykeln i stället. Hon skyndade mot stugan och vågade inte titta in mot Gunnar och Berta.

– Här finns till er också! ropade Berta glatt och viftade med termosen. Hon hörde inte Hjördis svar innan dörren till deras stuga slog igen med en dov duns. Konrad vinkade avvaktande mot sällskapet och försvann sedan bakom stugan.

Berta satt nästan och hoppades att Signe skulle komma förbi. Då skulle nyhetssändningen komma igång med en gång.

Innan besökarna gav sig iväg, stoppade Berta några bullar i en plastpåse.

– Ni får bjuda dom andra, log hon och tog handen varligt över Jörgens skinnjacka. Jag följer er en bit, för ni startar väl inte motorcyklarna här i området? Här är motortrafik förbjuden, informerade Berta.

Gunnar kom sig inte för att säga något, men han tittade oroligt när ekipaget försvann upp mot Grånemadsvägen.

– Du lovade mig en åktur, sa Berta till Jörgen och tittade samtidigt oroligt ner mot koloniområdet.

– Du är häftig, Berta. Men du förstår, vi har ingen extra hjälm med.

– Jag vill inte ha någon hjälm. Jag vill känna när det fladdrar i håret. Innan Jörgen hunnit protestera hade Berta knycklat ihop sin klänning och med möda tagit sig upp på sitsen där bak. Poliserna har slutat för dagen, skrattade hon stelt.

– Det blir bara ut till Vårhallen och tillbaka.

– Jag har alltid önskat att få åka fort. Gunnar kör nästan aldrig över sjuttio kilometer.

– Kör du tillbaka till campingen, Göran. Jag kommer snart. Håll ordentligt om min midja, sa Jörgen samtidigt som han startade motorcykeln.

Berta greppade sina magra händer runt Jörgens midja och kände en ilning genom kroppen när han gasade och styrde ut på Strandvägen. När de kom upp på Kristianstadsvägen la Jörgen motorcykeln på sidan i svängen. Berta kände hur de tunna sommarskorna höll på att glida av fotstödet. Nu drog Jörgen på för fullt och Berta njöt när hon kände hur det fladdrade i håret. En lyckokänsla fyllde henne. Detta hade hon alltid drömt om att få uppleva. När de kom till Vårhallen, stannade Jörgen motorcykeln.

– Hur går det? undrade han. Vågar du åka med tillbaka?

– Jodå, log Berta och kände sig torr i munnen. Efter vinddraget med den öppna munnen kändes det som tungan satt fast i gommen.

– Då drar vi igen. Håll i dig, Berta!

Det dröjde en stund innan Hjördis vågade sig ut i trädgården igen.

– Var är Berta? undrade hon när hon kommit ut på trädgårdsgången.

– Hon följde killarna en bit, svarade Gunnar och tittade åt hållet de försvunnit.

– Skulle du kunna hjälpa mig att hålla i den här brädstumpen medan jag spikar? En av brädorna som håller staket har murknat och jag behöver spika dit en ny. Konrad gjorde en nick mot staketet.

– Klart. Gunnar gick ut genom grinden och ställde sig på utsidan av staketet.

Hjördis hade också kommit ut på gången och stod handfallen en bit ifrån.

När Jörgen svängt ner på Strandvägen igen vek han inte av mot koloniområdet utan fortsatte ner mot småbåtshamnen.

Berta höll krampaktigt i sig när han la motorcykeln och vred in mot restaurang Röken. Berta kände hur ögonen tårades av vinddraget. Hon skulle försöka säga att motortrafik var förbjuden på den lilla vägstumpen men förstod att han inte skulle höra. Jörgen saktade ner eftersom många kom flanerande. Där går doktorinnan Rydholm, konstaterade Berta. Lite besviken var hon förstås över att det inte var Signe.

Hjördis vände blicken mot parkeringsplatsen. I samma stund fick hon syn på Berta. Jörgen hade precis stannat motorcykeln och Berta höll på att stiga av.

Hjördis ryckte Gunnar i skjortärmen men inte ett ljud kom över hennes läppar. Hon såg Berta heja mot den där killen med märken på ryggen och sedan promenerade hon över bron och bort mot koloniområdet.

– Hej, sa Berta glatt när hon kom bort till de andra.

– Men människa! Hur ser du ut i håret. Gunnar tittade förskräckt på Berta. Blåsten hade fått hennes hår att ställa sig ut i alla väderstreck.

Berta svarade inte utan drog lite förläget med handen genom det burriga håret. Hon gick in i kolonin och Hjördis följde efter.

– Men Berta! Hur vågade du?

– Äsch, log Berta. Det kändes riktigt häftigt. Så du såg mig? fortsatte hon stolt. Doktorinnan såg mig också.

– Men Berta, flämtade Hjördis. Doktorinnan Rydholm?

– Japp. Följer du med till toaletten? Berta hakade ner nyckeln från kroken.

Gunnar och Konrad var ovetande om Bertas motorcykel-
färd och jobbade metodiskt vidare.

– Du är modig du, Berta. Hjördis tittade beundrande mot
henne.

– Det är väl du också. Som har läppstift. Det hade jag ald-
rig vågat. Hjördis såg oförstående ut.

Berta slank in på toaletten. Hjördis hörde hur det strilade
mot porslinet och hon fylldes av ömhet.

– Du har väl inte fått blåskatarr, skämtade Hjördis.

– I så fall var det värt det, sa Berta när hon kom ut och
rättade till klänningen. Hon gick bort och tittade på infor-
mationen på väggen.

Hjördis tog en snabb titt i spegeln. Hon slickade sig om
läpparna som för att få bort läppstiftet. Vad hade Berta me-
nat egentligen?

– Jag är säker på att det är silikonpumpor hon har. Hjördis
drog gardinen åt sidan och kikade ut.

Berta ställde sig bredvid Hjördis. Fast jag tycker att dom
rör sig lite när hon går.

– Äsch. Hjördis släppte ner gardinen. Pumporna i kolonin
kommer bra, fortsatte hon. Dom rör sig inte. Så skrattade de
och låste dörren.

När de närmade sig kolonin hörde de högljudda röster.

– Dom förbannade kräken, muttrade Gunnar och damerna
tittade förskräckt mot herrarna.

– Har du inte mer öl? skrattade Konrad.

– Nej du, den behöver vi själva efter allt som varit.

– Har vi fått mördarsniglar? Berta följde trädgårdsgången

med blicken. Inte så trevligt förstås. Men det finns värre. Gunnar, nu lägger du inte lappar i lådorna och ber kolonisterna att gräva upp trädgårdslanden för att utrota sniglarna. Du vet vad som gäller. Ullared Gunnar, glöm aldrig det.

Gunnar skrattade stelt och försvann in efter två öl.

Berta svängde runt med nyckeln. När Gunnar hostade gjorde hon ett ryck och nyckeln for iväg och landade i spannen med ogräs.

– Satte du något i halsen, Gunnar? Bertas ögon vidgades och hon rusade in efter Gunnar. När hon såg hans förnärmade blick gick hon generat bort till Hjördis. Ska vi gå en promenad?

– Gärna. I dag behöver vi inga koftor.

Gubbarna satte sig vid bordet och halsade ölen direkt ur flaskorna och damerna försvann ner mot bron.

– Märker du hur det doftar från blombusken inne hos Bertilssons? Berta sträckte sig över staketet. Sådan buske vill jag ha.

– Hoppas vi lever nästa sommar, Berta.

Berta stannade och tittade förskräckt på Hjördis.

– Är du dålig?

– Nej, men man vet aldrig. Vi är ju inga ungdomar längre.

– Du får inte säga så, Hjördis.

Hjördis stack sin hand i Bertas.

– Man blir rädd ibland, blir inte du det?

– Jag är alltid rädd … för allting, suckade Berta. Hon tryckte Hjördis hand hårt i sin. Här är vackert, tycker du inte det?

Ett par fjärilar flög förbi i yster lek och det krasade lätt i gruset när damerna gick över bron. Sida vid sida gick de bort längs stigen och försvann in i sommaren.